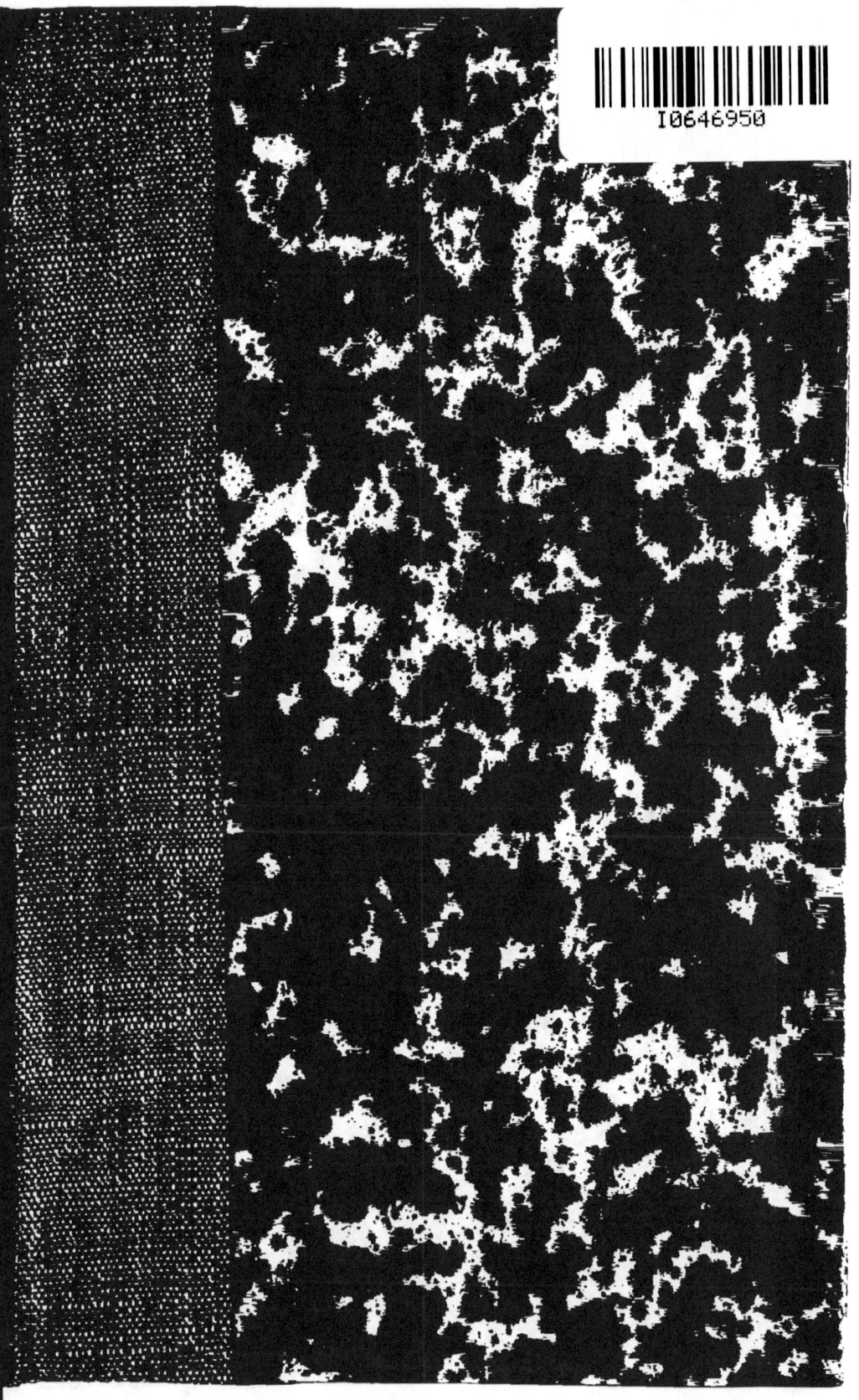

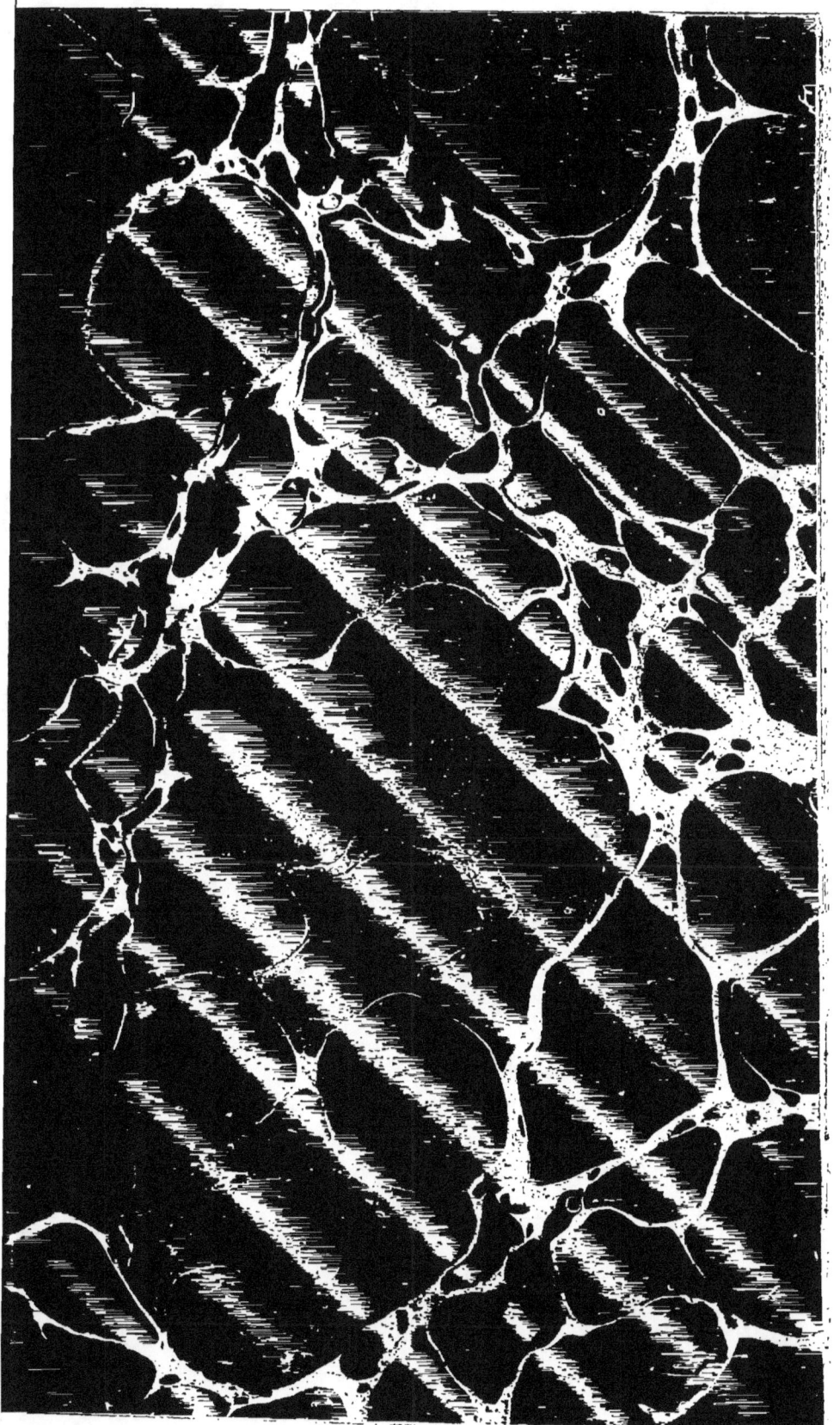

ERNEST DÉTRE

(d'Arjis).

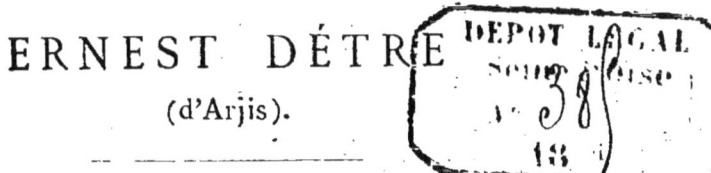

ENTRE INTIMES

CONTES PARISIENS

Une Aventure galante. — La Comédie de salon. — Amour brisé.
Un Coup de vent. — Tout vient à point. — Le Roi boit.
Un Drame en mer. — Nostalgie. — Le Carnet d'un Célibataire.
Pêcheurs à la ligne. — L'Amour d'un Égoïste.
Saint-Charlemagne. — Une Partie fine. — L'Anniversaire.

UNE ANGOISSE

FAC ET SPERA

PARIS

ALPHONSE LEMERRE, ÉDITEUR

27-29, PASSAGE CHOISEUL, 27-29

M DCCC LXXVI

ENTRE INTIMES

CONTES PARISIENS

DU MÊME AUTEUR :

Ouvrage paru :

AU COIN DU FEU, Contes légers, 1 vol........... 3 fr. 50

Pour paraître incessamment :

NINA-LA-BLONDE (Roman de mœurs contemporaines), 1 vol.

En préparation :

LES MÉNAGES PARISIENS (Roman de mœurs contemporaines).
CROQUIS RÉALISTES.

Imprimerie EUGÈNE HEUTTE ET Cⁱᵉ, à St-Germain.

ERNEST DÉTRÉ

(d'Arjis).

ENTRE INTIMES

CONTES PARISIENS

Une Aventure galante. — La Comédie de salon. — Amour brisé.
Un Coup de vent. — Tout vient à point. — Le Roi boit.
Un Drame en mer. — Nostalgie. — Le Carnet d'un Célibataire.
Pêcheurs à la ligne. — L'Amour d'un Égoïste.
Saint-Charlemagne. — Une Partie fine. — L'Anniversaire.

UNE ANGOISSE

FAC ET SPERA

PARIS

ALPHONSE LEMERRE, ÉDITEUR

27-29, PASSAGE CHOISEUL, 27-29

M DCCC LXXVI

AU PUBLIC

Qui a si bien accueilli mon premier ouvrage :

« AU COIN DU FEU, »

Ce second volume de contes est dédié

par l'auteur reconnaissant.

ERNEST DÉTRÉ
(d'Arjis).

UNE AVENTURE GALANTE

AU BAL DE L'OPÉRA

H, moi, mon cher, je me rappelle parfaitement mon premier bal à l'Opéra.

— Eh bien! pas moi, il vrai qu'il ne m'est arrivé aucune de ces aventures qui tiennent la mémoire en éveil et que, si j'ai soupé, ce fut pour me griser comme il n'est pas permis à un homme du monde de le faire. Sauf cela, je ne me souviens de rien.

— Pour ce qui est de moi, j'ai soupé aussi, mais je n'ai pas laissé ma raison au fond de mon verre. D'ailleurs, je l'eusse voulu, que ma compagne de folie — une femme du monde — m'en aurait empêché.

— Une femme du monde, dis-tu, une vraie ?

— Oui certes, mon cher.

1

— Alors, dis-moi ton histoire, car jamais pareille
aubaine ne m'est arrivée, et en général je les mets
en doute. Mais, venant de toi à qui l'aventure est
arrivée, je croirai dorénavant à ces intrigues mon-
daines.

Et sur ces mots, mon ami Georges me narra en ces
termes son aventure galante :

— Donc, c'était durant ma dernière année de
collége, c'est-à-dire au moment où je terminais ma
rhétorique à Sainte-Barbe avec Christian, que tu
connais bien. Nous étions au 29 janvier 1865, lendemain de la Saint-Charlemagne. Nous avions congé
le samedi, à l'occasion de cette fête, et comme mon
père était parti avec mon oncle dans ses terres de
Normandie, pour certaines affaires qu'ils avaient à
terminer, je sortais avec Christian, ce qui, du reste,
m'arrivait assez souvent. Nous étions bons amis dans
toute l'acception du mot, Christian et moi; et il n'y
avait pas de secrets entre nous. Des secrets de collége!
diras-tu. Qu'importe! Il y en avait, car à ce moment
nous commencions à faire ce qu'on est convenu
d'appeler des farces, et ce que l'un faisait, l'autre le
connaissait aussitôt, quand nous n'étions pas ensemble à commettre nos méfaits. Élevés côte à côte
par nos parents, ayant passé par les mêmes bancs,
ayant grandi sans nous en apercevoir, nous avions
contracté à Sainte-Barbe les liens d'une excellente

amitié, qui d'ailleurs ne s'est pas démentie depuis.

La veille donc de notre sortie, nous avions préparé notre plan pour le lendemain, et je me souviens encore de notre conversation d'alors.

— Dis-moi donc, Georges, me dit mon ami, si demain nous allions au bal de l'Opéra ?

— Quelle idée ! mais certainement. Mes parents, ne rentrent que dimanche matin, ils n'en sauront rien.

— Et puisque nous sommes garçons, ajouta Christian, nous irons bien dîner avant.

— En effet, car, m'a dit Léon, il faut être un peu... gai, pour s'amuser.

— Nous serons gais, sois tranquille, dit Christian.

— C'est égal, comment nous en tirerons-nous ? insinuai-je. Car c'est la première fois que j'y vais, au bal de l'Opéra, et toi ?

— Moi de même, mais qu'importe ! me répondit-il, nous dirons toutes les folies qui nous passeront par la tête.

— Bien ! Encore faudrait-il ne pas s'attirer quelque méchante affaire ?

— Sois sans crainte, tu verras.

— Je dois te dire, ajoutai-je, que j'ai l'intention formelle de ne pas jouer, le cas échéant, la scène de Joseph, et que si quelque Putiphar se présente...

— Parbleu ! je suis comme toi.

— Dis-moi, Christian, s'il allait nous arriver de
ces aventures galantes dont parlent les romans ; si
quelque femme du monde, car il y en a encore qui
vont à l'Opéra, allait s'amouracher de nous ?

— Je me laisserais faire, ajouta Christian philoso-
phiquement.

— Et quelle bonne histoire à raconter aux amis !
dis-je en terminant.

Après cette conversation, il m'en souvient, nous
fîmes l'inventaire de notre fortune : nous avions à
nous deux sept louis, c'était peu si l'on veut, mais
enfin, à notre point de vue, cela devait suffire, et
cela suffit comme tu vas en juger.

Nous nous endormîmes sur ces réflexions. Nous
eûmes des rêves fantastiques. La musique entraînante de Strauss nous berçait déjà et nous montrait
en rêve la plus douce des réalités, l'amour, ce fruit
défendu, cette pomme, à laquelle nous avions une
bonne envie de mordre à pleines dents. Moi, je me
voyais le héros de galants rendez-vous, j'étais heureux, je vivais, car je me voyais aimé.

Au réveil, ce fut une désillusion qui augmenta nos
désirs en surexcitant nos esprits, et la journée nous
parut bien longue.

Enfin quatre heures sonnèrent, et c'est avec un
long soupir de soulagement que nous passâmes la

porte du collége. La rue des Postes disparut bientôt, et c'est tout en refaisant nos projets que nous arrivâmes chez Christian, qui, vivant en dehors de sa famille, demeurait à cette époque rue du Helder.

La fièvre nous possédait je crois, nous étions émus comme à la veille de commettre un crime ; aussi, dans notre impatience, nous fûmes prêts bien avant l'heure voulue. Nous avions quitté la tunique du collégien pour revêtir l'habit noir et la cravate blanche de l'homme du monde ou mieux du *gommeux* .élégant, et nous avions mis pourtant deux bonnes heures à parachever nos toilettes.

Dans ces moments-là, le col va mal, maintes cravates sont chiffonnées en voulant faire un nœud qui ait du *chic*, les bottes vous gênent, le transparent du gilet est mal ajusté. Que sais-je encore ? Bref, nous étions prêts à sept heures et, pour compléter notre costume, nous avions suspendu à notre cou un insolent monocle. Ainsi transformés, nous étions à peine reconnaissables, d'autant que le coiffeur nous avait fait une tête à la Capoul, grâce au fer et au cosmétique, et il n'était pas jusqu'à nos moustaches blondes et à peine fournies, qui, sous la pommade hongroise, avaient pris des airs vainqueurs jusqu'alors inconnus.

A sept heures et demie, nous entrions au restaurant Péter's, infatués de nous-mêmes, l'air arrogant, le regard insolent d'un page et le monocle fixé dans l'œil, comme il sied à de parfaits petits crevés.

Notre dîner se prolongea, non que les mets y fussent à profusion, mais plutôt parce que les vins généreux s'y étaient succédé sans relâche.

Je ne t'étonnerai donc pas en te disant que ce fut la tête un peu lourde et les joues légèrement émerillonnées que vers onze heures, nous allâmes au *Riche,* prendre une tasse de ce divin café, qui devait nous tenir éveillés durant toute la nuit. D'ailleurs, il était trop tôt pour faire son apparition, les portes n'étaient pas ouvertes.

Bientôt les masques arrivèrent. Les apostrophes les plus bizarres, les ripostes les plus abracadabrantes, les lazzis les plus fous, les rires les plus inextinguibles se croisèrent aussitôt, et une heure sonnait quand nous partîmes.

Comment nous arrivâmes au foyer ? Je ne sais pas. Nous fûmes, aussitôt entrés, poussés par un flot humain qui nous porta au premier étage et, suivant la foule machinalement, nous pénétrâmes dans cette salle étrange qu'on appelait, hélas ! le foyer de l'Opéra.

C'était, comme je te l'ai dit, la première fois que nous allions dans cette fournaise; aussi les habitués, au premier abord, ont dû nous trouver une figure bien niaise tellement nous étions émerveillés.

Était-ce le dîner et ses vins, ou le simple étonne-
ment qui nous fit voir tout en beau ? je ne saurais
répondre, mais, somme toute, cette atmosphère déjà
chaude et grise de poussière, ces nombreux lustres
aux mille lumières, cette foule bigarrée et houleuse
nous procurèrent un moment d'extase durant lequel
nous ne trouvâmes aucune parole à nous dire.

Cela dura peu, je dois l'avouer. Nos yeux s'habi-
tuèrent vite à cette vive lumière, et nous commen-
çâmes à onduler avec la foule pour aller bientôt jeter
un coup d'œil à la salle de danse.

Je ne te raconterai pas nos premières escarmou-
ches, je dirai encore moins les noms dont nous grati-
fièrent les élégants dominos en quête d'écrevisses à
la bordelaise et de perdreaux truffés. Nos cerveaux
surexcités trouvèrent des mots à répondre à toutes
ces agaceries. Nous fûmes spirituels ; cela dit tout et
doit te suffire. Je le crois du moins.

Il était deux heures quand, regagnant le foyer, je
vis sortir d'une loge deux délicieuses personnes, qui
s'arrêtèrent à notre vue.

— Diable, fis je à Christian en lui serrant le
bras, on dirait que la faim pousse le loup hors du
bois.

— En chasse, alors, répondit mon ami. Et, tous
deux, nous voilà suivant nos belles.

Nous avions déjà parcouru plusieurs fois la lon-

gueur du foyer sans oser les aborder, quand, refou-
lant toute timidité bien au fond de moi-même, et
appelant à mon secours tout mon désir d'aimer,
j'accostai nos inconnues.

— Vous paraissez bien seules, mes charmantes,
dis-je à l'une d'elle tout en tremblant.

— C'est vrai, monsieur, heureusement que... nous
sommes deux.

— Si vous vouliez accepter nos bras, nous vous
servirions de cavaliers.

— Vous me paraissez bien jeune, mon ami.

Sur ce mot, comme tu penses, il était facile de
juger que l'on acceptait ou à peu près, et tout fier je
répondis en soupirant :

— On n'est jamais trop jeune pour servir et aimer
une jolie femme.

J'avais pris le bras de mon inconnue et Christian
s'était emparé de celui de sa compagne.

— Tu ne sais pas si je suis jolie ?

— Je m'en doute, ma belle — et brûlant mes vais-
seaux — dis-moi comment l'on t'appelle ? ajoutai-je
en la tutoyant.

— On m'appelle le Domino nacarat, petit curieux.

— Pas d'autre nom ?

— Plus tard, peut-être, mais pour le moment c'est
le seul.

— Soit. Mais dis-moi qui tu es ?

— Que t'importe !

— C'est que je sens, à voir tes brillants yeux noirs à travers ton loup de velours, que je vais t'aimer, cruelle !

— M'aimer ? oui, comme tous les hommes !

— Oh! non, ma belle, mieux ; je suis jeune et mon cœur qui n'a pas encore battu est à toi si tu le veux.

— Pour huit jours peut-être ?

— Pour la vie, te dis-je.

Tout en causant ainsi, je voyais une oreille ravissante, rose et blanche, que j'étais tenté d'embrasser ; je sentais sur mon bras les battements d'un petit cœur qui se défend faiblement ; le menton se montrait ferme et d'un ovale délicieux ; les yeux eux-mêmes se détournant parfois avaient des éclairs qui me faisaient tressaillir ; enfin, toute cette petite personne me mettait le feu dans les veines, je ne me possédai bientôt plus, je la pressai de questions.

— Veux-tu venir souper ?

— Non, je ne puis.

— Pourquoi ?

— Parce qu'il faut que je rentre. Que diraient mes domestiques ?

— Tu seras chez toi sur les quatre heures.

— Et mon mari ?

— Diable, tu es donc mariée ?

I.

— Hélas !

— Si c'est hélas ! moque-toi de ton Sganarelle.

— Oh ! s'il t'entendait !...

— Il ne m'entend pas, mais viens souper, et dans une heure tu seras libre.

— Vous serez bien sage, au moins, monsieur, vous le jurez.

— Soit, mais à une condition, c'est que je te reverrai, beau masque.

— Je te le promets à mon tour.

Et nous partîmes souper. Christian n'était pas satisfait de sa compagne.

— C'est une petite dinde la mienne, elle ne sait pas dire un mot, me glissa-t-il à l'oreille en descendant. Le fait est que, pendant le souper, elle ne desserra les dents que pour manger et répondre laconiquement aux questions qu'on lui adressait.

Une chose qui nous taquina, c'est que nos belles inconnues refusèrent catégoriquement de retirer leurs masques pour manger, malgré nos prières et nos supplications.

Voyant que c'était une idée fixe chez elles, nous n'insistâmes pas, et pendant que Christian tâchait de fondre la glace qui le séparait de son domino, je mis mes moments à profit. J'embrassai d'abord le bout des doigts, puis l'attache d'un bras charmant, puis le cou de mon Domino nacarat, ce qui faillit me fâcher avec ma belle qui prétendit que je lui manquais de respect.

Évidemment, ces manières élégantes, cette tournure qui différaient de celles des cocottes entrevues, la conversation même qui était des plus châtiées, malgré les quelques licences que l'on se permettait, tout cela dénotait une femme exquise qui, si elle n'était pas du vrai monde, le touchait de bien près, et mes désirs par cela même se trouvaient accrus. Aussi, je devins si pressant que j'obtins de la reconduire jusqu'à sa porte, en attendant qu'elle m'assignât elle-même un nouveau rendez-vous.

Un rendez-vous! c'était la réalisation de mon rêve, je ne me tins plus de joie, et comme elle manifestait le désir de partir, nous payâmes la carte quatre louis! et nous prîmes deux voitures, — il n'y en avait pas à quatre places!

Fou de bonheur, je ne fis même pas attention à l'adresse que mon domino nacarat donna au cocher et nous roulâmes dans l'obscurité.

Notre course fut longue, nous traversâmes les ponts et, pendant ce temps, je pressais la taille svelte de ma belle inconnue, tout en maudissant son affreux magot de mari qui reculait mon bonheur. Elle s'abandonna peu à peu, et, arrivés à la porte de son hôtel, — était-ce la faute du champagne?... elle était devenue très-tendre.

Elle sauta lestement à terre, puis, ôtant tout à coup son masque devant la lumière de la lanterne de notre fiacre, elle me jeta ces mots dans la nuit :

— Tantôt, mon Georges, viens à trois heures, mon magot de mari n'y sera pas...

— Et tu y es allé, Don Juan? demandai-je à Georges, en voyant qu'il n'osait achever.

— Non.

— Comment non et pourquoi ?

— Parce que, mon cher, je ne le pouvais pas.

— Et la raison ?

— C'était ma tante !

— Oh! oh! Elle est bien bonne celle-là ! Alors le magot ? son amie, la compagne de Christian ?

— Le magot ? mon oncle. Son amie? la femme de chambre de ma tante.

— Alors?

— Alors, rien, comme tu penses. Nous étions refaits, voilà tout.

Telle fut, mon cher, l'aventure galante que j'eus avec une femme du monde, la première fois que j'allai au bal de l'Opéra !

1874.

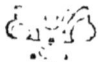

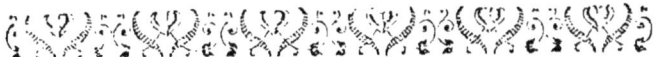

LA COMÉDIE DE SALON

UN BAL — UN SOUPER

I l n'y a rien que je sache de plus amusant que ce que l'on est convenu d'appeler la comédie de salon, soit qu'on la joue dans un château seigneurial à la campagne, soit qu'on la représente dans un somptueux hôtel à Paris.

Il ne faut pas croire que cette fièvre d'être acteur, un soir, date seulement de quelques années, car elle remonte au Roi-soleil, à cette époque de soie, de dentelles, de perruques poudrées et de galanterie par excellence, durant laquelle les lettres, les sciences et les arts prirent leur essor sous le ministre Colbert. Époque d'ailleurs qu'illustrèrent Racine, Corneille et Molière, cet inimitable et grand auteur comique qui seul n'ait pas vieilli, et ait su conserver même de nos jours toute sa profondeur.

Certes mon intention n'est pas de faire ici l'historique du théâtre de société, d'autres plus autorisés que moi l'ont fait avec un talent tel qu'il me serait par trop osé de marcher sur leurs brisées. Je n'en parlerai. donc qu'au point de vue essentiellement parisien, c'est-à-dire mondain, et parce qu'il m'a été donné d'assister ces jours derniers à une de ces représentations que précédait un bal, suivait un souper et terminait un de ces cotillons pleins de surprises ou mieux de ces bêtises qu'a si bien inventées le régime dernier. Quant au cotillon par lui-même, il existe depuis longtemps. Sous le Directoire on l'appelait : la *Grand-papa*, comme nous l'apprend M. E. Chavette dans son livre intitulé *le Remouleur*.

« Toutes les nuits, nous dit cet auteur, on donnait bal et souper à *Frascati* — l'ancien, situé à peu près sur le même emplacement que le nouveau, rue Richelieu et rue Vivienne — où il était de grand ton d'aller, au sortir des théâtres, danser deux ou trois contredanses qui duraient jusqu'au jour, car chaque contredanse se terminait alors par cette interminable figure qu'on appelait la *Grand-papa* et que de nos jours on nomme *Cotillon*.

« Aujourd'hui le cotillon finit un bal. Sous le Directoire il s'ajoutait à chaque quadrille. »

Je dois dire aussi qu'à cette époque où les femmes étaient vêtues de tissus si légers et si transparents que l'étoffe de leurs robes portait le nom *d'air tissé*, le cotillon ne comportait pas le nombre de figures qu'il compte aujourd'hui et qui s'augmente chaque jour. Il a fallu l'ère impériale pour trouver ces têtes grotesques d'ânes, de bœufs, de cerfs, que l'on pose sur la tête des danseurs et qui les rendent si ridicules. Comme s'ils avaient besoin de cela ! J'ai même un de mes amis, — devrais-je le dire — qui est l'inventeur d'une figure nouvelle qu'il a baptisée du nom de *groupe Carpeaux* et qu'il dit être, car je ne l'ai pas vue, un véritable poëme. Après celle-là, je crois qu'on peut tirer l'échelle pour me servir d'une expression usitée quoique triviale.

Cette danse, ainsi revue et augmentée, est-elle un signe du temps ? Je ne veux pas le croire. Bref, le cotillon actuel, à mon avis, n'est simplement qu'un prétexte à *flirtation* et un moyen de ridiculiser le sexe fort.

Mais revenons à notre sujet.

Ces jours derniers je recevais un large pli renfermant une carte Bristol luxueusement imprimée et contenant ces mots superbement gravés.

Madame Ve J..... prie Monsieur (*Ici mon nom*), de
lui faire l'honneur de venir passer la soirée chez Elle,
le..... Janvier 1874.

On représentera :

« LE BAISER ANONYME. »

R. S. V. P.

Rue de...... 163.

J'avoue qu'à la réception de ma carte d'invitation je
n'avais été que peu tenté d'assister à cette petite fête,
la comédie de salon étant la plupart des fois fort mal
interprétée et fort ennuyeuse, mais parce qu'un de
mes amis devait remplir le rôle de jeune premier, et
parce que cette ancienne demeure me rappelait des
souvenirs historiques, je me décidai et j'y allai. Non
que cette maison soit un riche palais, ou un somptueux hôtel, mais plutôt parce que c'est une de ces
anciennes constructions de plaisir qu'on appelait alors
des *Folies;* telles : la Folie St-Antoine, ét la Folie Me-
ricourt. Depuis, Paris s'agrandissant a enclavé dans
son cercle étroit de maisons, ces joyeux séjours que
la Révolution enfin a fait passer des mains de la noblesse aux mains de la bourgeoisie, qui s'y trouve
d'ailleurs tout aussi à son aise que cette noblesse

d'autrefois. La *Folie*, dont j'ai à parler, a vu l'ombre du grand Colbert errer dans ses murs. C'est dans ses salons que, fatigué de la politique, disent les écrits de l'époque, le grand ministre venait se reposer, et c'est peut-être là aussi qu'il prépara quelques-uns de ces fameux édits qui rendirent à la France une partie de cette splendeur que la politique de Mazarin et de Fouquet avait failli lui faire perdre.

Plus tard, assure-t-on, retenu près du roi, le ministre abandonna sa folie à l'un de ses fils : un Colbert de Pouanges, seigneur de Chabannais, qui y mena joyeuse vie avec les La Ferté, les Tilladet et autres compagnons de débauche. A tel point que la chronique du temps les accuse d'actes ignobles, que la Rivière qualifie ainsi dans une lettre écrite à ce propos : « Les sieurs La Ferté, Tilladet et Colbert ont commis une *action infâme* et font partie d'une *nombreuse confrérie* (?) »

D'ailleurs, sous le Roi-soleil, comme on le sait, les mœurs étaient un peu plus que légères, on y alliait même une cruauté souvent digne des temps barbares, témoin cette phrase que nous lisons dans les *Mémoires* de Dangeau : « Madame la Duchesse de Lude, de la maison de Bouillé, un jour fit c..... un clerc en sa présence pour avoir abusé dans son château d'une de ses demoiselles ; le fit guérir, lui donna dans une boîte ce qu'on lui avait ôté et le renvoya. »

Cet acte cruel est-il assez réussi pour une Duchesse ! et comme cette anecdote peint bien la corrup-
tion raffinée et méchante de la cour à cette époque.

Mais de 1671 passons à 1874, c'est-à-dire arrivons
dans ce même salon où, il y a deux ou trois cents
ans, le jeune Colbert faisait ses farces.

La société n'est plus la même, Paris a changé
d'aspect. La Folie est enfouie au milieu de masures
sans caractère. Adieu les souvenirs historiques !
Nous n'avons plus pour réjouir nos yeux que les
lougues enfilades de maisons, construites en ligne
droite et toutes semblables, ou à peu près. Adieu
tourelles, ruelles et chandelles fumeuses, il ne nous
reste de ces temps joyeux que les dentelles et les
belles demoiselles. Le gaz, ô Colbert! a remplacé les
quinquets puants de ton hôtel, et le fiacre roule aujourd'hui dans cette cour où jadis de lourds carrosses
armoriés amenaient une jeunesse brillante et dissolue.

.   .   .   .

Mais nous arrivons, mon ami Fray d'Eyric et moi.
Le brouillard est intense et humide. Notre coupé
n'avance que péniblement sur le pavé glissant de cette
longue rue Aussi reconnaissions-nous sur notre
passage et successivement ; l'ancien Hôtel du fameux
Vaucanson ; le Couvent des Religieuse de la *Magde-
leine du Trainal,* dont le lieutenant de police d'Ar-
genson donna la direction à une de ses maîtresses :

Mme Husson, enfin l'ancien *Prieuré des Religieuses de N.-D. de Bon-Secours* où se réfugiaient les jeunes femmes séparées de leurs maris. Ce couvent fut le théâtre de plusieurs scènes galantes, témoin le mousquetaire du nom de la Porquerie, qui allant voir de ses parents, y rencontra une certaine demoiselle *Mimi* dont il devint amoureux. Cette fille, ancienne maîtresse du duc de Choiseul, ensuite passée, dit-on, au *Parc-aux-Cerfs*, avait enfin épousé un américain qui l'avait délaissée ; elle escaladait la nuit les murs du couvent et se rendait chez son amant dans une maison voisine.....

..... Notre voiture s'arrête ; la lourde porte de la Folie-Colbert roule sur ses gonds rouillés avec une sorte de gémissement lugubre et nous pénétrons dans cette cour historique.

Il est minuit, il fait noir-froid et la première chose qui frappe nos regards, à cette heure des amours et des crimes, c'est une incription peinte au fronton de l'hôtel et qu'éclaire le gaz. FABRIQUE, lisons-nous en gros caractères.

— C'en est fait, ami ! adieu nos souvenirs ; ce mot nous dit assez que nous ne sommes plus au temps des Lauzun et des Richelieu, il nous rappelle à la réalité. Nous sommes au siècle du progrès et des affaires ; le gaz a éteint les quinquets ; la galanterie n'est plus qu'un mot, et le marivaudage lui-même a monté dans sa gamme de plus d'un ton: nous commençons, à l'instar de la jeune Amérique, à *flirter*, comme dit Sardou.

— Justin — mon cocher, seul, a conservé ce nom du siècle passé — Justin, vous m'attendrez.

Et F. d'Eyric monte avec moi.

Alors nous resaisissons nos illusions durant quelques instants. L'immense escalier à dalles de pierre polie, avec sa rampe de fer forgé ; l'antichambre aux sombres boiseries, les salons aux lambris dorés, aux trumeaux peints avec leurs plafonds hauts et circulaires; les larges portes aux serrures ciselées; les vastes cheminées de marbre ; les glaces à frontons sculptés et dorés, tout nous rappelle en ce moment les fastes d'autrefois.

Mais baissons les yeux ; la maîtresse de la maison, aimable et gracieuse, est partout à la fois, et devant nous sont des femmes luxueusement parées. Hélas! adieu paniers, les jupons vous ont supplantés, grâce à ces mille supercheries de toilette que la mode a inventées et que je ne saurais pudiquement détailler. Seule la robe à queue vit encore, portée avec aplomb et souvent même avec grâce. Au milieu de cette température chaude du gaz, de cette atmosphère chargée de senteurs diverses : parfums exquis de toutes natures mêlés à l'odeur subtile de la femme; dans ce léger nuage de poussière alliée à la poudre à la maré-

chale; aux sons enfin d'un Erard merveilleusement
tenu par un Desgranges ou un Waldteuffel de l'avenir, va, vient, tourne, se croise, se mêle et tourbil-
lonne une foule rieuse et gaie.

Poussés par la musique entraînante, les danseurs
suivent la mesure, amoureusement penchés sur les
épaules de leurs danseuses, épaules divines, blanches, chatoyantes comme le plus beau satin, et dont
le sang précieux, que l'on voit courir sous la peau,
constitue cette femme unique dans le monde : la
Parisienne.

Le piano prélude à une valse. Et la valse, cette
danse où tout en vous parle : les mains, la bouche,
les yeux, les sens même, la valse commence. Les
danseurs s'élancent, et, avec le premier serrement de
main, s'engage la conversation.

Laissons valser et regardons ce groupe de danseurs qui se dirige de ce côté. La dame est jeune,
agaçante et jolie. Elle semble chercher un regard
parmi les spectateurs. Elle approche, elle est près
de nous. Elle tourne, et que vois-je ? Penchée sur
l'épaule de son valseur de façon à n'être pas vue,
c'est peut-être un mari ! elle pose, sans affecta-
tion presque, un doigt finement ganté sur ses lèvres roses, fait un léger signe et, tournant encore,
adresse un sourire galant au regard qu'elle a trouvé.
Oh !

Fermons les yeux,
C'est un mystère.
Sachons nous taire,
Ne gênons pas les amoureux.

La musique devient douce, les conversations continuent à voix basse, la valse, la *Vague* je crois, se poursuit nonchalante, berceuse et presque passionnée ; c'est le moment de l'extase. Puis la reprise *forte*, le piano fait rage, c'est le délire. Valseurs et valseuses se tiennent étroitement enlacés et ne font qu'un. Ils tournent, tournent et semblent quitter terre.

« Ah non décidément, ma femme ne valsera jamais qu'avec moi, dit un fiancé ! »

Enfin un dernier accord et la valse est finie.

Chacun regagne sa place et pour les dames le rôle de l'éventail commence. Délicieux bijou, muet réceptacle de soupirs et de rougeurs subites, petit confident discret, que ne peux-tu parler ? Que de choses charmantes tu me dirais, que de secrets tu m'apprendrais, et que de désirs tu me dévoilerais ! Désirs, secrets et choses qui me feraient connaître, au moins un peu, cet être si inconnu et cependant si charmant ! la femme. Que de mystères se cachent dans tes plis, que de mordantes paroles s'échappent der-

rière ta soie légère; que tu renfermes d'aveux et que
de joie parfois, procure un petit coup de ton ivoire,
de ta nacre irisée ou de ta blonde écaille?

Voyons les toilettes maintenant. La soie, le satin,
la faille, la dentelle, les fleurs et même la sainte
mousseline rivalisent pour parer ces ravissantes créatures.

La fraise semble revenir à la mode, témoin ces
deux toilettes. Celle-ci de satin vert est délicieuse,
mais la fraise évidée et tombant trop bas ne rappelle qu'inexactement l'époque de Henri III. Celle-
là, avec fraise de dentelle, est plus correcte, mais —
il en est de même lorsque l'on est poudrée, pour vous
cette observation, ravissante blonde — la robe à
fraise veut la taille en pointe, à basque, comme l'on
dit, je crois, et non la taille ronde de la robe actuelle.
Tenez, voyez plutôt cette dame, là, près de la cheminée, comme elle est mieux dans sa robe de gaze de
Chambéry, lamée de bandes de satin cerise avec son
corsage à basque. Cette pointe qui descend lui sied à
ravir et laisse à sa taille toute sa généreuse ampleur.
Le galbe se dessine sans excès, et la gorge, à peine
soutenue, reste à la place, fort belle ma foi, que lui a
assignée la nature. D'un autre côté — toujours pour
vous, madame la Blonde — la poudre exige les mou-
ches, donnant cet air piquant qui sied si bien aux
blondes.

Par ici, la toilette sérieuse et de bon goût d'une mère qui va marier sa fille. Là, une robe de faille mauve clair charmante avec ses lourdes guirlandes de fleurs partant de la taille.

Enfin derrière, une masse noire et compacte : les hommes en habit. N'en parlons pas : ils sont trop laids, tout de noir habillés. Jour de deuil ou de joie, c'est toujours le même costume, et il est affreux.

— Place au théâtre, mesdames, crie une voix ; veuillez passer dans la salle voisine.

C'est le tour de la comédie.

Le salon d'honneur se vide pour faire place aux machinistes.

J'erre dans la coulisse. Le décor se monte, les accessoires prennent leurs places. Et le jeune premier qui remplit les fonctions de régisseur jette son dernier coup d'œil pendant que la salle se remplit de nouveau. Sur le devant les dames s'assoient sur les fauteuils, pendant que les habits noirs se tiennent debout derrière.

Les trois coups sont frappés, le jeune premier fait son entrée et dit des vers de sa composition, lestement tournés ma foi, et qui sont franchement applaudis.

Allons, la représentation s'annonce bien ; tant mieux.

Dans les coulisses, les artistes improvisés tremblent

de peur, surtout les dames, dont le petit cœur bat à tout briser. Cette émotion est bien naturelle cependant, car paraître devant deux cents personnes, qui sont là surtout pour vous critiquer, n'est pas petite affaire.

Qu'est pourtant cette petite pièce auprès de ces tableaux vivants dont 1868 et 1869 nous ont donné des exemples! Tableaux où l'amour-propre était en jeu et où l'on citait dans les gazettes le maillot collant de telle femme du grand monde costumée en nuit étoilée, en brise matinale, en été, voire même en Vénus plus ou moins pudique. Ici, il s'agit d'être naturel, et il faut avouer que c'est le point difficile à atteindre dans l'art dramatique; aussi nos artistes craignent. Aux répétitions, le régisseur a bien indiqué les entrées, les sorties, souligné les mots à effets, même marqué les poses; mais au moment d'entrer en scène, tout cela semble s'oublier et, pour nos artistes d'une heure, c'est machinalement qu'ils commencent à débiter leur rôle : la mémoire surmenée obéit seule et sans conscience de ce qui se passe.

— Silence! Comme au théâtre, mais pour s'amuser ici, le parterre debout s'impatiente, trépigne et demande la toile.

— Allons, y sommes-nous? dit le régisseur dans la coulisse : au rideau.

2

Les trois coups sont frappés. Le piano joue l'ouverture du *Jeune Henri,* et la toile se lève.

Au milieu d'un silence glacial, *Gaston* commence.

Sa voix se pose peu à peu, il reprend son aplomb,
il dit bien, et pourtant son rôle est bien ingrat. Voici
René : il parle et s'échauffe à son tour, l'indignation
lui sied. Décidément il faut reconnaître que nous
avons affaire presque à des artistes. Aïe ! la tirade
contre les veuves que l'on ne doit pas épouser. J'aper-
çois dans la salle des visages de dames qui se con-
tractent de dépit. Elles sont furieuses ! Comment oser
dire devant elles : « Qu'affronter une veuve c'est
aussi dangereux que de se précipiter la tête la première du haut de l'ex-colonne ! » Avouez que c'est
peu galant.

Allons ! ne vous fâchez pas, mes charmantes, vous
savez bien que ce ne sont là que des mots à effet ;
d'ailleurs, n'êtes-vous pas sûres de vous ? L'été vaut
bien le printemps, et souvent même l'automne a des
charmes à nuls autres pareils. N'a-t-il pas ces fruits
savoureux que l'on mord à pleines dents, comme l'on
est tenté de le faire dans vos charmantes joues, ve-
loutées comme la pêche, douces comme l'amande et
fraîches comme la brise automnale. Fruit mûr est
souvent préférable à fruit vert ; allons ! vous le savez
bien !

Lucie fait son entrée ; sa jeunesse, sa candeur la

gênent pour jouer, jeune fille, ce rôle de jeune
épouse ; mais, bast ! le feu de ses collègues l'excite, sa
voix prend son timbre accoutumé, elle dit bien aussi.

A son tour Henriette entre en scène. Oh ! la petite
lionne furieuse ! Quel naturel, vrai Dieu ! on dirait
qu'elle croit que c'est arrivé. Bravo ! Henriette,
bravo ! quelle furia, quelle verve, quel entrain et surtout quelle diction sobre, fine et juste ; c'est parfait,
vraiment, et voilà un véritable tempérament d'ar-
tiste.

..... La pièce se continue au milieu des murmures
approbateurs et se termine dans un formidable tonnerre d'applaudissements justement mérités.

Rien ne manque au succès des artistes, pas même
les bouquets qui, venant du parterre, tombent aux
pieds des acteurs.

Quel triomphe, mesdames ! que ces bravos vous
ont récompensées ! Vous avez subjugué une salle entière venue là pensant s'ennuyer, pour ne pas dire
plus. Encore une fois, bravo !

..... Les machinistes défont leur œuvre, l'on va
souper.

Quarante tables volantes de quatre et de six cou-
verts sont prestement disposées dans le grand salon,
toutes chargées de victuailles appétissantes. Des filets
aux chairs roses, des volailles amplement ponctuées
de truffes, des foies gras de Henri et des galantines

aux gelées dorées invitent à manger. Le champagne
et le bordeaux sont les seuls vins admis.

Allons ! à table, messeigneurs ! Lauzuns du jour,
offrez vos bras à vos marquises et soupons gaiement !... On se cherche et l'on se trouve : X... prend
le bras de Mme Z..., Z... invite Mme Y..., M... enfin,
qui est garçon, le traître ! saisit la main de Mme X...
en attendant qu'il puisse lui ravir son cœur.

Pendant un instant, ce n'est que froufrous de soie,
bruissement de dentelles, apartés en sourdine ; puis
les bouchons sautent, le cliquetis des verres y répond,
l'argenterie sonne dans la porcelaine et les joyeux
glouglous du vin que l'on verse complètent ce charmant concert.

Alors, que les femmes sont provocantes dans la
pose abandonnée de la table ! Combien tous ces trésors de beauté étalés à nos yeux nous font monter au
cerveau d'amoureuses effluves et bientôt comme on se
grise de l'ivresse du vin, mêlée à cet enivrement de la
chair.

Dans de tels moments :

> Ah ! si j'étais petite mouche,
> J'irais, volant sur chaque bouche,
>   Sans jamais me poser,
>   Cueillir un doux baiser !

Vous voilà ressuscités, joyeux soupers de la Ré-

gence ! Au milieu de cette nuit enflammée, marivau-
dons, pardieu ! et aussi bien disons que nous nous
aimons... un peu..., beaucoup..., passionnément...

Oh ! femmes charmantes, dans ce médianoche
permis, laissez *flirter* vos compagnons, ils n'iront
pas plus loin et tantôt, au réveil, ils diront, sans nul
doute, en se souvenant de vous :

Qu'elle était belle !

Et de votre côté vous songerez peut-être :

Qu'il était bien.

Puis demain, ah ! demain, ce ne sera plus qu'un
vague souvenir, un songe envolé.

Mais le piano résonne de nouveau. C'est le cotillon, quatre heures sonnent.

Fuyons ces lieux de plaisir, en emportant dans
nos yeux la vision de notre voisine de souper, dans
notre cœur, une adoration muette, et dans nos esprits l'enivrement causé par les parfums capiteux de
ce bal enchanteur.

. . . .

Il faisait grand jour, — neuf heures, m'a-t-on dit,
— quand le dernier invité quitta les salons de la
Folie-Colbert.

Il emportait, dans le rhythme final de la valse dernière, d'agréables souvenirs.

Une fois rentrées, les dames ont laissé glisser leurs

toilettes de leurs blanches épaules et chacun s'est glissé bien vite sous la chaude couverture, afin de poursuivre dans les méandres du rêve le souvenir des réalités de la nuit qui venait de finir !

AMOUR BRISÉ !

I

H bien, Carl !... Carl, ne m'entends-tu pas ?

— Ah ! c'est toi.

— Que fais-tu donc, grand Dieu ! à huit heures du matin derrière ce pilier de la Madeleine.

— Tais-toi. Fais comme moi, regarde. Tu la connais peut-être, toi ?

— Allons bon ! Le sacripant, je le jurerais, a encore une intrigue en tête.

— Oh ! celle-là !...

— Celle-là, celle-là, pardieu ! est ou sera comme toutes les autres. Affaire d'une heure, d'un jour, d'une semaine au plus ! et après...

— Non ! oh non !...

— Mais alors tu es fou ?

— C'est possible ; mais chut ! la voilà… avec sa mère.

— Aïe ! C'est une jeune fille ?

— Oui. Vois-tu comme elle est belle?

— En effet…

— Et si tu l'avais vue l'autre soir.

… Et la double apparition s'avançait lentement.

La jeune fille était bien belle et la mère était très-bien.

Toutes deux semblaient encore pénétrées de l'extase procurée par la cérémonie qui venait de finir. On était au mercredi des cendres de l'année 1870, et la mère et la fille avaient encore la trace, mal essuyée, de la poudre cendreuse que le prêtre leur avait mise au front en disant : *Memento, homo, quia pulvis es et in pulverem reverteris.*

Belle comme on l'est à vingt ans, la jeune fille avait l'air modeste qui sied si bien à cet âge; sa démarche était simple et posée, ses joues roses avaient le velouté du fruit au printemps. De longs cils ombraient ses beaux yeux noirs, qui, par instants, jetaient des éclairs à droite à gauche, comme cherchant quelqu'un ou quelque chose. Sa bouche, légèrement relevée à ses coins, faite pour la raillerie, laissait voir de délicieuses petites dents acérées et blanches. Son oreille était de race, petite et vermeille. Enfin, au souffle de la brise froide du matin, les lon-·

gues tresses de sa chevelure châtain foncé voltigeaient sur ses épaules.

Sa mère, bien belle aussi, avait l'air si jeune qu'on l'eût prise pour la sœur aînée, et cependant c'était bien une femme, la femme dans tout l'éclat de sa beauté, la femme à son été, la femme à trente et quarante ans. De beaux cheveux aile de corbeau encadraient d'ondulations naturelles cette figure marmoréenne et retombaient en boucles épaisses jusques à sa ceinture. Deux petites fossettes creusaient ses joues au-dessus de la lèvre supérieure et donnaient à cette physionomie, déjà si mobile, une expression à la fois douce et un peu sceptique. Sa démarche était celle de la femme qui a la *ligne,* qui le sait et, sans afféterie, la fait valoir coquettement. Enfin le galbe était régulier, ferme et bien proportionné.

J'avais admiré tout cela pendant qu'elles avançaient, et je l'avoue, j'étais sous le charme.

Au moment où elles arrivèrent près du pilier qui nous cachait Carl et moi, une voix chevrotante s'éleva :

— Ayez pitié d'un pauvre infirme, mes bonnes dames, je prierai Dieu pour vous, dit cette voix.

Et aussitôt deux toutes petites mains gantées sortirent de leur manchon, et quelques petites pièces blanches tombèrent dans la casquette en lambeaux du mendiant : c'était l'aumône du riche au pauvre.

Mais, dans ce court arrêt, nos regards s'étaient croisés et j'avais surpris comme deux sourires ; l'un, sourire angélique, effleura les lèvres de la jeune fille ; l'autre, sourire amer presque, fit plisser le front de la femme. On eût dit à voir ce dernier, qu'un remords... non, mais un chagrin alors, avait passé dans cette existence.

Et Carl, très-ému, avait respectueusement salué ces deux belles visions.

Quittant le parvis du temple, elles descendirent entement les degrés de pierre. Nous vîmes de petits pieds mignons émerger d'un flot de jupes et, dans les brouillards d'un matin de février, la vision s'enfonça peu à peu et disparut bientôt.

Carl, pendant quelques instants encore, chercha à pénétrer la brume, et sa pensée, à défaut de son regard, suivit la mystérieuse trace de la disparition.

— Eh bien ! lui dis-je en lui touchant l'épaule.

— Ah ! oui, elle est partie ! N'est-ce pas qu'elle est bien belle ?

— Certes, mon ami, certes. Mais où donc l'as-tu rencontrée ?

— Je vais te le dire... en marchant ; car, ici, il souffle un vent glacial. Allons aux Champs-Élysées, nous y serons seuls à cette heure.

Carl me prit le bras, et quelques instants plus tard il me dit :

— Mon cher, c'est avant-hier seulement, que je vis cette charmante enfant pour la première fois : au bal masqué que donnait un de mes amis. D'abord j'avais eu l'intention d'aller à ce bal, simplement en habit noir : mais, ayant appris qu'il y aurait quantité de gens costumés, je m'y rendis affublé d'une robe de moine. Perruque longue, barbe blanche, sandales, cordelière, chapelet à la ceinture, rien ne manquait à mon déguisement, pas même les rides, que je m'étais tracées sur le visage avec des crayons; et les lunettes bleues qui me rendaient parfaitement méconnaissable. D'ailleurs, pendant deux heures je ne me trahis point et personne, personne, entends-tu, ne soupçonna ma présence sous le froc.

Voici, comment, grâce à mon costume, je pus employer un stratagème qui me permit de faire la connaissance de ces deux charmantes créatures.

Tu sais qu'en ma qualité d'homme de lettres je suis excessivement curieux et que, pour connaître un fait, surprendre un secret, ou simplement découvrir une chose qui peut m'intéresser, il n'y a rien que je ne fasse.

Donc, ces belles inconnues m'intéressant au dernier point, je voulus les entendre causer afin d'apprendre ainsi qui elles pouvaient être.

Pour cela, pendant une valse, je me glissai derrière les chaises qu'elles venaient de quitter et je

m'assis dans un fauteuil. En baisant mon capuchon
sur mon front, tout en croisant mes mains dans mes
manches, je fermai à demi mes yeux derrière mes
lunettes et attendis.

Mon attente ne fut pas de longue durée. La danse
finie, elles vinrent reprendre leurs places devant moi.
Alors une idée machiavélique traversa mon esprit.
Pour mieux les abuser, je ne répondis pas aux paroles que m'adressa la mère et, imitant un léger ronfle-
ment, je simulai le sommeil.

— Tiens, Jane, le révérend père s'est endormi.

— Il est peut-être malade, mère, répondit la jeune
fille.

— Non, sa respiration est trop régulière... Eh
bien ! et ton valseur ?

— Mauvais, petite mère chérie, il danse en dedans
et m'a continuellement donné des coups de genoux.

Et moi, les yeux toujours mi-clos, j'entendis la
conversation de Jane et de sa mère qui, sans mé-
fiance, parlaient sans déguiser leurs pensées.

Ah! si tous les hommes dont elles parlèrent
avaient pu être à ma place, combien, se seraient
mordu les doigts de dépit! Combien, qui se croient
ou se disent irrésistibles et beaux, sont sortis, du
laminoir de ces dents de femmes, meurtris, déchirés,
à juste raison ma foi! Combien de fats se sont
trouvés dépouillés des plumes de paon dont ils se pa-

rent et combien peu en revanche, qui, se croyant
rien, auraient repris assurance et courage en entendant leurs éloges sortir de ces bouches mutines.

Jane rajustait son délicieux costume de marquise
Louis XV et jetait dans la glace un regard à sa petite
tête poudrée, et à la mouche assassine qui égayait
sa joue, lorsqu'une de ses amies vint s'asseoir près
d'elle.

De quoi pouvaient causer deux jeunes filles de
vingt ans? si ce n'est de toilette ou de mariage.
Celles-ci causèrent mariage.

C'est alors, mon ami, qu'il me fallut tout mon empire sur moi-même pour ne pas dire à Jane : Je
t'aime; car je l'aimai dès ses premières paroles. Ce
qu'elle confessa me parut si beau, si noble, si idéal et
coïncidait tellement avec les qualités que je souhai-
terais à la femme que j'épouserai, que je fus surpris
et captivé à la fois. Tout ce qu'un cœur honnête, ce
qu'une éducation saine, ce que la vigilance bien comprise d'une mère, ce qu'une âme droite enfin peuvent donner de vertus à une jeune fille, Jane les avait.
Et tous ces sujets multiples, qu'ils soient de la vie
réelle ou du sentimentalisme pur, étaient traités par
elle avec un esprit sagace et juste. La jeune fille était
déjà presque femme, et l'on prévoyait à l'entendre
qu'elle n'épouserait jamais quelqu'un qu'elle n'aimât
pas. Elle était femme à faire toutes les concessions

que le monde réclame, à la seule condition d'avoir
confiance en son mari ; et cela, parce que, disait-elle,
elle se sentait digne d'être aimée et surtout capable
d'aimer ; qu'elle était assez belle pour captiver son
mari et assez sage pour n'être pas jalouse, mais que,
du jour où elle verrait cette confiance trahie, que du
moment où son amour serait trompé, la femme re-
paraîtrait inexorable dans sa dignité blessée, le pacte
d'alliance serait rompu, et sans remords, parce qu'elle
serait sans faute ; elle n'aimerait et n'estimerait surtout plus le traître qui l'aurait délaissée.

Aimer cette fille, me disais-je, être aimé d'elle,
comme l'on serait heureux !

Et sans y prendre garde, je fis un mouvement ;
aussitôt la conversation cessa. La ritournelle d'un
quadrille se fit entendre, et mes oiseaux babillards
s'envolèrent au bras de leur danseur.

Je quittai le salon pour y rentrer une heure après
en habit noir. J'avais dépouillé la robe monacale, et
cette fois c'était l'homme du monde qui venait se
mêler aux joies du monde. Je me fis aussitôt présenter à la mère de Jane, et tout en causant j'admirai sa
toilette, qui était d'un goût exquis. Elle avait une
robe de faille noire unie, décolletée et recouverte
d'une jupe traînante de barége de même nuance.
Celle-ci, parsemée de feuilles de roses de toutes couleurs, semblait s'échapper d'un gros bouquet qui

rattachait la jupe à la ceinture. Tout cet ensemble foncé relevait encore l'éclat si vif de son teint.

Notre conversation toucha tous les sujets. Son tact était inouï à parler de tout. Adorant les lettres, elle avait lu tous les auteurs jeunes et vieux, et, dans cette revue causée, son jugement ne s'égara jamais. Il n'est pas jusqu'au dernier de mes volumes parus dont elle fît, sans savoir que j'en étais l'auteur (écrivant sous un speudonyme), une critique sérieuse et vraie, je dois le reconnaître. La fille, dont la mère dirigeait les lectures, jeta sa note dans notre conversation, note juste, piquante et même souvent railleuse.

Qu'ajouter ? J'admirais une femme supérieure dans la mère et j'aimais déjà la fille comme mon épouse.

La causerie m'avait appris qu'elles viendraient toutes deux ce matin recevoir les cendres, et, amoureux curieux, je suis venu ce matin les revoir au passage.

— Mais sais-tu leur nom, au moins ?

— Oui, c'est Mme Bellwiller et sa fille : Mlle Jane Bellwiller.

— Bellwiller ?... Bellwiller ? mais oui, je les connais.

— Vraiment ? alors...

— Doucement. Quand je dis je les connais, je

veux dire qu'ils sont les amis intimes de Léon, un
de mes bons camarades. La famille est alsacienne ?

— Je le sais, on me l'a dit...

II

Quinze jours après cette conversation, Carl, présenté à Léon, fut invité par lui à une petite soirée
intime où il rencontra de nouveau les Bellwiller.

Entre eux l'intimité succéda vite aux simples relations.

Je ne raconterai donc pas les assiduités de Carl, et
parlerai encore moins de son amour qui alla toujours
grandissant.

En peu de temps, cet amour prit des proportions
telles que le cœur de mon héros ne put plus le con-
tenir. Mais une chose l'inquiétait, c'est que n'ayant
rien dit à personne, il ne savait au juste si son amour
était partagé. Le jour où il en parlerait à la jeune
fille, ce serait donc de sa vie ou de sa mort qu'elle
déciderait. Il le savait; et, comme il souffrait, il ré-
solut de mettre fin à cette situation pénible.

Un soir, qu'il était venu de bonne heure, il
trouva Mme Bellwiller seule dans son salon. Il la

pria de l'écouter : elle consentit ; et après lui avoir dit tout son amour, Carl lui demanda la main de Jane. A cette demande, Mme Bellwiller ne put réprimer un mouvement de joie.

— Avant d'aller plus loin, maintenant, chère madame, ajouta Carl, permettez-moi de confesser ce que je fis il y a quatre mois, le premier soir que je vous rencontrai à ce bal masqué du lundi gras chez les Canetti. Vous souvient-il d'un moine ?

— Parfaitement.

— C'était moi.

— Vous ?

— Moi-même. Mais voici où commence la confession. C'est que, feignant seulement le sommeil et ne dormant pas, j'ai été l'auditeur volontaire de la conversation de Mlle Jane et de son amie, et que c'est en entendant votre fille parler du mariage comme elle l'a fait, que je devins amoureux d'elle. Ce qui fait qu'aujourd'hui, persuadé plus que jamais qu'elle n'épousera, de sa propre volonté, que l'homme qu'elle aimera, je tiens à savoir de sa bouche si elle partage mon amour. Pour cela, si vous voulez me servir, rien n'est plus facile.

— Je vous suis acquise.

— Écoutez-moi donc. Je vais passer dans la pièce voisine, ensuite vous ferez demander mademoiselle votre fille, puis vous lui parlerez de moi et, sans l'in-

fluencer surtout, vous solliciterez d'elle un aveu.
Enfin, selon ce qu'elle dira, ou j'entrerai ou je partirai, car avant tout je tiens à ce qu'elle soit ma
femme de son propre consentement. Alors, si c'est
non, vous me pardonnerez, n'est-ce pas, madame, si
vous ne me revoyez plus. Est-ce dit ?

— Soit, mon cher monsieur Carl, j'accepte, d'autant — il faut bien que je l'avoue maintenant — que
nous avions, mon mari et moi, prévu votre demande,
et que vous avez notre consentement à tous deux.
Jane ne sait rien de tout cela, jamais une parole à ce
sujet n'a été dite devant elle. C'est donc bien la
vérité que vous allez apprendre d'elle-même.

Carl passa dans la chambre voisine, et Jane,
mandée, entra quelques instants après dans le salon.

— Que faisais-tu donc, mignonne?

— Je rangeais, petite mère chérie.

— Dis-moi : Est-ce que M. Carl ne doit pas venir
ce soir.

— Mais si, mère, il avait même promis de venir
de bonne heure.

— Il aura été retardé alors ?

— S'il n'allait pas venir pourtant ! Regarde, mère,
il est déjà huit heures et demie.

— Eh bien ! il ne viendrait pas, peu importe.

— J'aimerais mieux qu'il vînt, moi !

— Parce que ?

— Parce que, parce que, je ne sais pas au juste, mais cela me fait plaisir de le voir.

— Voyez-vous cela ?

— Il n'y a pas de mal à dire cela, petite mère chérie, ajouta l'espiègle enfant en appuyant sa tête sur l'épaule de sa mère. Il est aimable, après tout, beau garçon, et puis... je trouve qu'il n'est pas comme tout le monde.

— Qu'est-ce que tu veux dire par là ?

— Rien... je ne peux pas expliquer cela... mais s'il voulait...

— S'il voulait ?

— Ah ! je ne dirais pas non, je te le jure...

— Pas non ?

— Allons, petite mère, tu me devines bien...

— Non, ma foi !

— S'il voulait... de moi... pour femme,... et si père et toi le vouliez aussi...

— Que ferais-tu ?

— Oh ! je dirais oui de grand cœur, et...

A peine avait-elle prononcé ces mots, que la porte s'ouvrait brusquement et que Carl tombait à ses genoux, en lui couvrant les mains de baisers.

— Carl !

— Voilà, comment, mes enfants, le bonheur parfois vient en fermant les yeux, ajouta finement madame Bellwiller en s'adressant à Carl.

On était alors à la fin de juin, le mariage fut fixé au 30 septembre.

III

Le 19 juillet de cette année 1870, hélas! M. de Grammont, à la Chambre, faisait du haut de la tribune la déclaration de guerre à l'Allemagne. Quelques jours plus tard, le premier coup de feu éclatait à Spicheren.

Puis, peu à peu, nos fiers bataillons reculèrent devant les masses toujours croissantes de l'ennemi, et le cœur de tous les Français saigna abondamment. Forbach, Reischoffen, Sedan enfin, couvrirent la patrie de deuil et de honte, et le Quatre-Septembre, devant l'effondrement de l'Empire, proclama la République.

Le soir de ce même jour, on se réunit chez les Bellwiller. Tout le monde était triste. Ces cœurs d'Alsaciens, surtout, étaient profondément affectés. Nés dans ce pays patriote par excellence : l'Alsace, les Bellwiller se rappelaient la première invasion et les plaies que cette date avait faites à ces cœurs si français, n'étaient point encore cicatrisées. Ils exécraient l'Allemand, et, devant une nouvelle invasion, devant la douleur poignante d'être vaincus, la rage leur serrait la gorge; ils ne parlaient pas.

Carl arriva au milieu de ce silence. Sa figure avait une expression étrange. Il s'approcha de Jane, et, lui prenant les mains, lui dit :

— Jane, mon enfant, j'ai une grâce à vous demander. La guerre, jusqu'à ce jour, nous a été funeste ; nos armées sont décimées, et la seule qui reste va probablement être bloquée sous Metz. Dans des moments si terribles, la France a besoin de tous ses enfants pour défendre son sol sacré contre l'envahissement de l'étranger. Votre pays, notre belle Alsace, dans quelques jours sera toute occupée, alors notre devoir à tous sera d'être à la frontière. Jane, si mon amour et mon cœur me conseillent de rester près de vous, mon patriotisme m'ordonne d'aller prendre une place, là-bas, à l'armée du Rhin. Je veux m'engager, Jane, me le permettrez-vous?

Jane, émue, plongea son regard dans les yeux du jeune homme, et deux grosses larmes sillonnèrent ses joues. Après quoi elle saisit Carl par le cou, et, l'embrassant fiévreusement, elle lui dit d'une voix ferme :

— Partez, mon Carl, votre demande me rend fière et me ferait vous aimer davantage si c'était possible. Je suis heureuse, je ne m'étais pas trompée : vous

3.

êtes un noble cœur, Carl. Oui, partez, mais où que vous serez, songez, ami, que votre Jane vous suit par la pensée, et qu'à votre retour, elle sera la première à courir au-devant de vos baisers. Avant votre dé-part pourtant, je voudrais que notre mariage fût ac-compli...

Le mariage se fit le 12 septembre. Le 14, Carl et son beau-père quittaient Paris, celui-ci allant à son château, celui-là rejoignant l'armée de Metz. Cinq jours après, le 19, Paris était bloqué.

IV

Cruelle chose, hélas! que la guerre, et quand donc les peuples, devenus libres et plus sages par la possession de leurs propres destinées, seront-ils, non plus ennemis, mais frères!

C'est une grave question, que la question sociale. C'est elle qui tourmente aujourd'hui tous les esprits, en attendant qu'elle en triomphe, ce qui doit arriver fatalement un jour. C'est la question brûlante qui fait les inimitiés et les haines, là où ne devraient ré-gner que la concorde, l'esprit de justice et l'amour de la patrie...

Je ne rappellerai pas les douloureuses péripéties de cette guerre géante, unique dans l'histoire, pas plus, les affreuses plaies qu'elle a faites, ni les morts illustres qu'elle a comptés. Mais ce que je dirai, c'est que tous ces événements successifs ont séparé et jeté aux quatre coins de Paris, et même du monde, bien des gens étroitement liés d'amitié auparavant, et que la crainte de ne plus se retrouver après a fait qu'ils ne se sont pas cherchés.

De là bien des relations rompues, bien des amitiés brisées. C'est ce qui nous arriva, à Carl et à moi. Lorsqu'il partit, je lui serrai la main et, sans être un fervent, je priai le Dieu protecteur des armées de garder des balles ennemies ce cœur noble et patriote. Depuis, je ne le revis plus.

Il y a quelques jours, c'était encore mercredi des cendres, mais le mercredi des cendres de 1874 et non plus celui de 1870 : quatre ans étaient écoulés. Pourquoi, passant à la Madeleine, le matin, m'arrêtai-je à regarder les fidèles descendre du parvis de l'église ? C'est que le souvenir de Carl, tout à coup, s'était présenté à mon esprit.

— Voici le pilier qui nous cacha jadis, avant qu'il se mariât. C'est là que Jane Bellwiller et sa mère s'arrêtèrent pour faire tomber leur aumône dans la casquette du pauvre. Enfin, c'est par là qu'elles partirent, me disais-je tout triste, sans savoir pourquoi.

— Que sont-ils devenus tous ?... Grand Dieu ! mais... ces deux femmes?... Ce sont elles? en grand deuil... de qui? Oh ! je pressens un malheur...

Il était trop tard pour échapper à leur regard, elles m'avaient vu. J'étais près d'elles, la figure boule-versée.

— Qu'avez-vous donc, monsieur d'A*** ?

— Rien, mesdames... Rien... si, cependant, ces longs vêtements de deuil ?...

— Ah! c'est que vous ne savez pas sans doute ?

— Non... M. de Bellwiller, peut-être !

— Oui! mort pendant la guerre, en défendant son château, dit lentement la mère.

— Oh!... mais... du moins... Carl vit?

— Non ! mort aussi. Tué à l'armée de la Loire, après s'être échappé de Metz, où il trouvait n'avoir pas fait son devoir, le noble cœur ! — dit tristement Jane le cœur gonflé de douleur et d'orgueil.

— Oh!... pardon... mesdames.

— Nous porterons toujours leur deuil. Nous venons de prier pour eux..., et pour notre pauvre patrie, notre France ! ajouta Jane plus bas et en levant les yeux au ciel.

A la vue de ces deux femmes qui pleuraient à ce triste souvenir, les larmes me montèrent aux yeux. Sans rien dire, je leur serrai la main et me sauvai comme un fou.

Et dans ma promenade solitaire, en songeant à tant d'amour évanoui, à tant de bonheur brisé par cette guerre impitoyable et folle, je me pris à douter de Dieu !

UN COUP DE VENT.

A bord du steamer LE HUMBOLD, de Fécamp.

Samedi, 28 août 1875.

DÉPART.

Sur les huit heures du matin, les vingt-cinq promeneurs qui doivent partir d'Yport pour aller déjeuner aux Petites-Dalles, sont sur la jetée d'Yport, *espérant* le « Humbold » qui bientôt débouche des musoirs de Fécamp et avance rapidement, vent arrière. Un canot est mis à la mer, et, en trois voyages, tous les passagers sont à bord. Le *Humbold* siffle, vire et prend le large avec le courant et vent debout. Le ciel est couvert, mais on croit que sur les midi le temps se lèvera et qu'il fera beau. Tout le monde est gai à bord ; on bavarde, on plaisante, et l'on se rit un peu du mal de mer, tant celle-ci est clémente. Tout va bien.

A huit heures et demie, nous relâchons à Fécamp pour le service du port, mais aucun bâtiment ne veut sortir. Les passagers, dont la faim est aiguillonnée par la brise salée, dévorent des galettes chaudes, et à neuf heures, le *Humbold,* sifflant à nouveau, sort du port et reprend le large. Le vent est faible, il est N. N.-E., c'est-à-dire debout, mais le courant pousse le steamer. Les passagers ont repris leur gaieté ; le bateau danse bien un peu, mais si peu, qu'on espère atteindre les Petites-Dalles sans accidents. Pourtant une jeune fille et une dame se laissent surprendre par le mal de mer. Hélas ! nous les plaignons, mais que faire ?

A dix heures et demie, les Petites-Dalles sont en vue. Le cœur des malades se rassérène, le *Humbold* stoppe et le débarquement commence.

« A trois heures précises le retour, messieurs, » crie le capitaine Coquais à la dernière barque qui s'éloigne de son bord.

A terre, tous les passagers s'assoient un instant sur le galet, saluent l'impératrice d'Autriche au passage, puis prennent gaiement le chemin du déjeuner champêtre qui doit se faire sur l'herbe, dans le bois.

Midi. — Petites-Dalles, dans le vallon.

Le temps est toujours couvert. Cela m'ennuie et m'enchante à la fois : cela m'ennuie, parce que le

capitaine m'a dit que si le temps se levait, on aurait
une belle traversée pour revenir et qu'au contraire,
s'il ne se levait pas, on aurait de la pluie, c'est donc
la pluie qui menace notre retour. D'un autre côté,
cela m'enchante parce que le soleil ne nous gênera
pas pour déjeuner.

Les paniers sont vides, les pâtés, les jambonneaux,
le saucisson, le rostbeaf et les desserts s'étalent sur
l'herbe ; les dents s'allongent à cette vue, puis on
s'assoit, le pain se coupe, les victuailles circulent,
les bouchons sautent, le silence presque se fait ; écou-
tez ? On mange, non, on dévore ! Bientôt les bouteilles vides s'entassent, semblables à des monceaux
de cadavres : il fait si chaud ! La faim s'apaise, le rire
et le bavardage recommencent. On effleure tous les
sujets avec esprit, scepticisme ou raillerie ; bref, on
cause comme savent causer des Parisiens de bonne
compagnie. C'est tout dire. Mais deux heures sonnent. Il faut songer au retour. A ce mot de retour,
plusieurs passagers, qui ont bien déjeuné, ressentent
déjà comme les atteintes du mal de mer. Espérons
qu'il n'en sera rien et en route. Trois dames prennent la voie de terre, tandis que tous les autres passagers se dirigent vers le port.

A trois heures le *Humbold* siffle, le canot est mis
à la mer ; dix personnes y prennent place ; mais
l'embarcation, dont la quille est ensablée, ne bouge

pas. A trois cents mètres au large le *Humbold* se balance sur son ancre, nous présentant sa poupe. Il
semble même par moments faire plus que se balancer,
car, pris à tribord par le vent de N. N.-E., il subit un
colossal roulis et un tangage très-prononcé vu le courant de la marée montante. La mer monte, le canot
flotte, on hale sur l'ancre d'arrière, nous quittons le
rivage. La mer est plus mauvaise que ce matin ; la
brise a fraîchi et au loin on aperçoit des *moutons* peu
rassurants. Notre canot aborde le *Humbold*.

Retour. — A bord du *Humbold*, 4 heures.

Il est quatre heures quand nous avons eu terminé
l'embarquement des dames du premier canot. Celui-
ci s'en retourne chercher d'autres passagers. Décidément la mer est moins bonne que ce matin ; on ne
marche sur le pont qu'en se tenant aux manœuvres,
les dames se traînent jusqu'à leurs bancs et deman-
dent en riant à ne plus être bougées.

Pendant que la seconde embarcation arrive, je demande au capitaine des nouvelles du temps.

— « Oh ! ce n'est pas une grosse mer, loin de là,
mais nous pourrions bien avoir un coup de vent.

L'orage est là-bas et nous allons marcher dedans »,
me répond-il en me montrant l'ouest.

Cette parole est loin de me rassurer et fait même
tressaulter mon cœur. Cependant je ne dis rien. La
seconde embarcation accoste. L'embarquement des
dames est encore très-difficultueux. Il réussit pourtant et le canot repart. Le tangage et le roulis sont
insupportables, chacun prend délibérément son poste
pour le malaise prochain ; on se tient aux haubans,
aux palans du canot, aux chaînes de la cheminée et
l'on attend patiemment le mal, à la condition toujours qu'on ne sera pas remué. Le souvenir de Sainte-
Foy, dans le *Voyage en Chine*, me traverse l'esprit,
mais je n'ose pas rire, je lui ressemble trop en ce moment.

Il est cinq heures, la troisième embarcation accoste, les derniers passagers sont à bord.

— « Léon ! amarre ton canot à l'arrière avec dou-
bles cordages, nous allons filer. Et vous, au cabestan,
vire sur l'ancre, fais déraper. Machine en avant doucement... L'ancre est dérapée ? — Elle est à bord, capitaine. — Machine plus vite, bien. »

Ainsi a parlé le capitaine Coquais et tout s'est exé-
cuté. Le tangage et le roulis ont diminué. Nous
filons vent arrière, courant presque à la crête des
lames, la mer est belle de fureur, mais le ciel est de
plus en plus couvert, de larges gouttes de pluie tom-

bent. Les passagers se couvrent, mais à un fort coup
de roulis, cinq têtes à la fois se penchent par-dessus le
bastingage et..... ils avaient pourtant bien déjeuné
ces pauvres passagers. Après, ils se mettent à rire.
J'interroge un matelot :

— « Quel diable de temps ? — Dame oui, mais
nous arriverons avant l'orage à Fécamp. — Mais
c'est à Yport que nous allons. — J'sais bien, si nous
pouvons ? »

Ce *si nous pouvons* me rassure très-peu, je regarde
le temps ; le vent, sans changer de place, augmente
encore, quelques mouettes rasent les flots, annonçant
l'orage ; au loin, au N.-O., les éclairs sillonnent les
nues et nous avançons rapidement vers le grain.

La mer n'est point encore mauvaise à proprement
parler, car quelques trois-mâts au large filent avec
toutes toiles dehors, voire même leurs bonnettes,
mais le mauvais temps s'annonce vivement. A bord,
on parle peu ; l'orage impressionne désagréablement.
Quelques indisposés *s'affalent* sur le pont et s'endor-
ment, les autres, trop tourmentés par le mal de mer,
restent appuyés au bastingage de tribord. Enfin les
valides essayent d'aller et venir sur le pont. — Le capitaine Coquais, toujours à son banc, ne quitte pas
sa barre et nous tient la proue sur Fécamp.

J'ai mâchonné un citron, et je vais mieux. Je puis
juger notre situation qui ne me paraît pas très-bonne.

Mais comme je suis un peu habitué aux choses de mer, comme aussi je connais les femmes, je ne communique mes impressions à personne et je me rapproche du capitaine Coquais.

Malgré le ciel brumeux, nous apercevons bientôt le phare de Fécamp, encore vingt minutes et nous serons dans le port. Tant mieux! Le capitaine Coquais se refuse d'aller jusqu'à Yport; il ne veut pas voir briser des bras ou couper des jambes en débarquant les femmes dans le canot. Nous nous rangeons à son avis, et il est convenu qu'on rentrera à Fécamp, d'autant que la tourmente s'accentue.

Tout à coup, le ciel s'assombrit, la nuit remplace presque le jour, la pluie tombe à torrents et par larges gouttes, les éclairs coupent l'horizon de lignes blafardes, le tonnerre gronde violemment, puis la foudre éclate en traits rouges et sanglants. Nous débusquons le phare, nous voyons les deux jetées de Fécamp dans une brume épaisse, puis, plus rien, l'obscurité est complète, la bourrasque se déchaîne. Un tourbillon de vent nous enveloppe.

Le capitaine Coquais fronce imperceptiblement la paupière, il promène son œil à l'horizon. L'hélice tourne dans le vide, le canot qui suit va s'engloutir, le *Humbold* saute sur les lames. Qu'allons-nous devenir avec huit femmes à bord? Où va se porter le vent? semble se demander le capitaine. S'il passe au

Nord, il nous pousse à la côte, et pour éviter d'échouer nous serons obligés de gagner la pleine mer. Quelle perspective !

Pendant quelques secondes je crains sérieusement. Je ne quitte pas de l'œil le capitaine. Celui-ci s'est levé.

— « Attention, » crie-t-il.

Le vent a sauté de poupe en proue, il souffle du S.-O., nous sommes par le travers de l'entrée du port. Je me tranquillise un peu. Le capitaine Coquais est habile et nous entrerons dans le port.

— « Machine doucement, » commande le capitaine.

La roue du gouvernail tourne rapidement dans ses mains, le *Humbold* suivant son aire s'incline à bâbord, vire, le vent le prend par le travers et le pousse dans la passe.

— « Machine en avant, vite. »

Nous filons, nous sommes entre les deux jetées, nous sommes dans le port, nous entrons dans le bassin. Le *Humbold* évolue, nous voilà à quai. Enfin, sauvés ! mon Dieu !

Voilà, en quelques mots, notre promenade aux Petites-Dalles, le récit de la partie de plaisir que nous avons faite, partie qui fut charmante et que nous sommes tous disposés à recommencer tant chacun y a mis du sien.

Tout est bien qui finit bien, dira-t-on? C'est vrai, mais cela n'empêche pas que, pour des amateurs, nous avons eu : mauvaise mer, pluie, tourmente, bourrasque, coup de vent qui pouvait ou nous briser ou nous rejeter en pleine mer pour 24 heures, toutes choses en un mot fort peu agréables, mais, en somme, très-intéressantes pour des amateurs comme nous. Le savoir et le sang-froid du capitaine Coquais nous ont heureusement tirés de cette passe par une manœuvre des plus habiles, et nous nous souviendrons toujours agréablement de cette promenade et de toutes ses péripéties.

TOUT VIENT A POINT

A QUI SAIT ATTENDRE.

ON cher, cela est impossible. Crois-moi, porte tes vues ailleurs si tu ne veux avoir aucune désillusion.

— Malgré tout ce que tu pourras me dire, mon bon, je persiste dans mon désir : Elle sera à moi, je te le jure.

— C'est une folie.

— Non, c'est un raisonnement. Elle est belle, il est vrai, c'est une vertu, je te l'accorde, mais qu'est-ce que cela prouve ? Rien.

— Mais tout, au contraire.

— Rien, te dis-je. Elle est femme, et cela suffit.

— Décidément tu es fou !

— Encore une fois, non. Je suis philosophe, c'est déjà plus qu'il ne faut, et je suis amoureux, donc deux raisons majeures pour que je réussisse.

4

— Mais au moins comment feras-tu ? tu ne la connais pas.

— C'est vrai, je ne la connais pas, mais je la con-
naîtrai aujourd'hui ou demain ; quant aux moyens
que j'emploierai, cela me regarde.

— Alors, bonne chance.

— Merci.

. . . .

Or cette conversation avait lieu, par une belle
après-midi de septembre, entre deux jeunes gens
qui, négligemment assis près du trottoir, à la hauteur de l'avenue Marigny, aux Champs-Élysées,
regardaient monter et descendre les nombreuses voitures qui allaient ou revenaient du Bois. Il pouvait
être quatre heures environ ; les derniers beaux jours
touchaient à leur fin, et les arbres aux feuilles
jaunissantes annonçaient le prochain automne.

A cette époque, la plus poétique de l'année sans
contredit, les hommes comme les femmes, fatigués
des chaleurs accablantes de l'été, subissent l'influence
de la saison. Ils ont un besoin très-grand de société
intime, et leur imagination se crée des désirs qu'ils
ne s'expliquent pas souvent, et que presque toujours
ils ne peuvent réaliser.

Les êtres humains ont le spleen encore lumineux
de la nature, leur cœur se réchauffe encore des derniers rayons du soleil; mais leur tête les porte plus

avant vers l'hiver qui vient à grands pas, et ils ont une espèce de froid qui les pénètre.

Ce jour-là, Manoël et René, nos deux jeunes gens, étaient dans cette disposition d'esprit. Tous deux garçons, ils sentaient se réveiller en eux des ardeurs vagues, des besoins inconnus qu'ils ne comprenaient pas : c'était l'automne, ils craignaient le froid prochain. Ils s'étaient donc assis et regardaient la file des voitures. Le *tout Paris* était rentré. Les villes d'eaux, les plages normandes et bretonnes étaient redevenues solitaires, la belle société avait fui, rentrant au bercail, où l'appelait la réouverture des théâtres et une saison mondaine qui promettait d'être bien remplie.

Par cette belle journée, tous les grands noms de France et de l'étranger résidant à Paris s'étaient rendus au Bois, tout au moins pour renouveler connaissance. Les femmes, surtout, étaient en grand nombre, la curiosité, ce péché féminin par excellence, les y poussait ; elles voulaient voir si les eaux avaient maigri la baronne ou engraissé la petite marquise ; si les excursions de Suisse, dans les neiges, avaient pâli le teint légèrement couperosé de la rutilante comtesse ; enfin, si les bains de mer avaient rendu la force et le teint aux jeunes gens de la *gentry* fashionable qui devaient les faire valser étourdiment pendant tout l'hiver. Pour examiner

tout cela, les unes blotties frileusement au fond de
leurs coupés, les autres langoureusement étendues
dans leurs victorias ou dans leurs landaus, jetaient,
à travers les mailles fines de leurs voiles, des petits
coups d'œil à droite, à gauche, devant, derrière, sans
omettre un personnage, sans oublier une amie,
esquissant un sourire, rendant un petit salut, sans
pourtant beaucoup bouger pour cela. Du trottoir où
nos amis étaient, on voyait tous ces regards et tous
ces sourires, puis un léger tourbillon de poussière,
amoindri par le soin des *lanciers du préfet*, estom-
pait la voiture, et la rapidité des chevaux faisait disparaître bientôt la vision.

Tout à coup, au milieu de ce brouhaha, apparut
un élégant coupé dont une glace était baissée, et
qu'un encombrement contraignit à s'arrêter.

Alors Manoël fit remarquer à René la charmante
créature qui se pelotonnait amoureusement dans le
fond de la voiture, au milieu d'un capiton bleu.
Cette femme était blonde, le bleu va bien aux blondes, d'un blond chaud, à la peau fine et blanche,
aux yeux bleus, aux dents blanches. On lui donnait
de trente à trente-deux ans, car l'ampleur du corsage, les formes accusées attestaient la maturité à
son aurore, ce moment de la vie où de jeune fille on
devient femme, où la beauté plastique atteint son
apogée, où les grâces ont tous leurs charmes, où le

cœur bat le plus vite et le plus fort. Donc, cette femme était très-belle, au milieu de ce cadre bleu et sous un rayon rouge de soleil couchant.

— Il serait bon d'être aimé d'une telle femme, avait dit Manoël d'une voix lente et rêveuse à son ami René.

Et René avait répondu avec mélancolie :

— Oui, mais, malheureusement, ces femmes sont placées dans un tel monde qu'on ne peut les approcher, et si on les aime, elles vous dédaignent et sauraient encore moins vous aimer.

— Pourtant, celle-ci m'aimera! avait répliqué Manoël plus pensif, et d'un ton presque affirmatif.

Et la conversation s'était continuée comme je l'ai dit plus haut, jusqu'au moment où René avait serré la main à Manoël et l'avait quitté. Manoël était resté à la même place toujours assis. Il avait été frappé de cette beauté et il avait résolu de s'en faire aimer. Pour cela, il fallait la connaître ; il attendit donc le retour du Bois pour suivre au besoin la voiture.

Manoël était riche pour un garçon. Il possédait du chef de son père et de sa mère, morts tous deux depuis un an, une fortune de quinze mille francs de rente. Aussi ne faisait-il rien. Il se laissait vivre, cela lui suffisait. Très-instruit et aimant par nature la littérature et les beaux-arts, il se tenait au courant

4.

de tout ce qui s'écrivait, se disait, se peignait ou se sculptait. Mais toutes ces nobles occupations, qui l'avaient occupé jusqu'à ce jour, ne remplissaient plus suffisamment sa vie. Il avait trente-cinq ans et connaissait la vie parisienne à fond. N'avait-il pas joué au cercle ou aux courses, couru les petits théâtres, soupaillé au cabaret et aimé toutes les femmes qu'aime Paris ? Si, il avait fait tout cela, et comme son intelligence était plus élevée que bien d'autres, il s'en était vite lassé. Maintenant, il cherchait une femme mêmement que Diogène cherchait un homme. Il voulait donner à cette femme tout son amour, sans réserve, sans retenue. Le mariage l'effrayait par cela même qu'aimer une jeune fille n'est pas aimer une femme, qu'il ne se sentait pas le courage — c'était peut-être une lâcheté de sa part — de former cette jeunesse pour en faire une femme à son goût, qu'il craignait que les instincts de la jeune fille ne se développassent dans un sens contraire au sien une fois mariée, enfin, qu'il redoutait de ne pouvoir faire de son épouse jeune fille, une maîtresse, comme il voulait que la femme qu'il aimerait fût sa maîtresse, c'est-à-dire plus que sa femme, ou mieux, les deux à la fois.

Du plus loin qu'il pouvait voir, il aperçut le petit coupé de son inconnue revenant du Bois, rapidement traîné par son cheval fringant.

— La belle bête! s'exclama-t-il malgré lui, au moment où l'animal n'était plus qu'à quelques pas. Ne trouvez-vous pas, monsieur? dit-il en terminant sa pensée à un monsieur d'un certain âge assis à ses côtés.

— En effet, répondit l'étranger, c'est une bête de sang.

— Et la charmante personne?

— Mme Marthe de Cimerose, la propriétaire du coupé...

Un instant après, Manoël se levait, saluait ce monsieur obligeant qui venait, sans le vouloir, de lui donner les renseignements qu'il désirait tant connaître, et descendait à pied tout joyeux les Champs-Élysées.

Le lendemain, le surlendemain, les jours suivants à la même heure, Manoël, de plus en plus féru d'amour, se postait à la même place, et attendait l'arrivée du coupé. Et toutes les fois qu'il passait, il dardait des regards de feu sur Mme de Cimerose. Celle-ci, croyant tout au plus à une rencontre fortuite, supportait ces regards sans s'en offenser, comme elle supportait les regards même indiscrets dont on se plaisait, dans les salons, à vouloir la gratifier. Mme de Cimerose, fort connue de toutes les femmes du grand monde, était une victime du mariage. A peine sortie du couvent, on l'avait ma-

riée à un homme magnifique, M. de Cimerose, qui
avait deux torts pour elle : celui d'avoir quinze ans
de plus qu'elle, et celui d'être très-grand et très-gros,
c'est-à-dire de ne pas être son idéal. Malgré cela,
puisqu'il était de son devoir d'aimer son mari, elle
l'aimait, disait-elle. D'ailleurs, ce qui pouvait le
faire supposer, c'est la réputation d'honnête femme,
que le monde lui avait faite sans restriction, ce qui
est d'autant plus méritoire que son mari, souvent
chargé de missions diplomatiques, la laissait souvent seule à Paris.

Manoël aimait donc un dragon de vertu. Mais
lui, sans en rien dire à personne, se tenait à part soi
le petit langage suivant : « Mme de Cimerose ne
peut pas aimer son mari d'amour. Or, si elle n'a pas
aimé ailleurs, c'est que son cœur n'est pas encore
ouvert à l'amour, ou que personne ne lui a plu.
Donc, ou l'amour lui est inconnu et je le lui ferai
connaître, ou elle cherche quelqu'un capable de faire
battre son petit cœur, et je serai celui-là. »

Fort de son dilemme, il continua sa cour tacite-
ment, imposant tous les jours son visage scrutateur,
résigné, mais humble et langoureux, au regard de
Mme de Cimerose qui passait fièrement dans son
petit coupé. Le soir, il était au même théâtre qu'elle,
et cela parce qu'il savait toujours où allait la maîtresse
par un domestique qu'il avait littéralement couvert

d'or. Pour la voir plus souvent, il alla dans le monde, auquel il tenait par ses relations, et dans lequel il avait toujours refusé d'aller. Aussi, on le présenta à plusieurs personnages influents, et, petit à petit, il prit pied dans cette haute société qu'il avait dédaignée jusqu'à ce jour. Dans une de ces soirées, on lui offrit de le présenter à M. de Cimerose, récemment revenu d'Italie ; il refusa. Aimer Mme de Cimerose, être aimé d'elle, c'est possible, mais serrer la main de son mari, se disait-il, non, moi, je ne pourrais pas. Cet hiver-là, il ne dansa pas avec Mme de Cimerose, mais il ne la perdit pas un instant de vue. Sauf quand elle était chez elle, il la voyait partout où elle allait, et cette rencontre perpétuelle devint presque une intimité inconsciente. Mme de Cimerose ne pouvait s'offenser ; la conduite de Manoël se bornait aux politesses banales du monde ; ou, il y avait une coïncidence étrange de ces rencontres. Elle s'intéressait même à cette admiration muette qui la charmait sans la troubler encore ; elle croyait à une de ces commisérations profondes que l'on taxe souvent d'amitié, et cette pensée, d'avoir un ami sur lequel elle pût compter un jour, lui plaisait.

Le printemps ramena les journées chaudes. On ne se vit plus qu'aux Champs-Élysées, les salons avaient fermé leurs portes, les théâtres agonisaient dans les éternelles reprises de fin de saison. Marthe vécut plus renfermée le soir, et son esprit travailla plus. Il lui manquait quelque chose. Quoi ? Non l'amitié, mais la présence de l'ami. Aussi un jour, Manoël, ayant surpris sur la figure de Marthe un vague ennui qui s'était dissipé à sa vue, leva-t-il respectueusement son chapeau au passage du coupé. Marthe répondit-elle ? Il le crut. Du moins, si elle répondit, ce fut inconsciemment, car elle ne put réprimer une rougeur qui lui monta au visage, ni un battement de cœur qui lui serra la poitrine.

Ce soir-là, on eût pu entendre Manoël murmurer ces mots en rentrant chez lui : « Le moment psychologique approche, du courage. »

Les saluts continuèrent à s'échanger indifférents presque d'abord, puis affectueux un peu plus tard·

Mais l'été vint couper court à cette idylle, et un jour, Mme de Cimerose quitta brusquement Paris, pour aller rejoindre en Grèce son mari malade, qui la demandait.

Manoël reconnut alors, à sa souffrance, combien il aimait Mme de Cimerose. La goutte d'eau tombée dans le principe sur son cœur devenait océan et le submergeait. Il quitta Paris à son tour et courut la Suisse.

Quand il revint à la fin d'août, les fatigues corporelles jointes aux fatigues du cœur l'avaient beaucoup changé. Son teint était pâle et ses yeux étaient

légèrement cerclés de bistre ; il souffrait, cela était
visible.

Mme de Cimerose revint en septembre, ramenant
son mari très-malade. Trois jours après son arrivée,
allant pour la première fois au Bois, elle rencontra
Manoël à sa même place, et fut frappée de sa pâleur
à tel point que, le lendemain, elle monta à pied
l'avenue et croisa — par hasard, se dit-elle — Manoël
qui, surpris de la rencontrer ainsi, s'arrêta. Marthe
s'arrêta de même machinalement, et ils se tendirent
mutuellement la main sans savoir pourquoi. C'était
la force d'attraction, c'était... ne le disons pas encore.

— Comme vous êtes changé, monsieur !

— Ce n'est rien, madame.

— Mais encore ?

— Non, vous êtes, vous, plus belle que jamais.

— Monsieur !... Vous verra-t-on cet hiver ?

— Certainement, madame.

— En ce cas, je verrai si vos couleurs seront re-
venues.

Et tout en reconduisant Marthe à sa voiture, Manoël
lui dit très-bas :

— Elles le seront, madame.

— Parce que..., demanda Marthe en tirant la
portière.

— Parce que votre absence avait fait le mal, et que
votre retour le guérira.

— Voulez-vous vous taire, monsieur! Jean, à l'hôtel.

Marthe disparut et rentra. Elle avait lu la vérité dans les yeux de Manoël, et, rentrée dans sa chambre, son cœur gonflé de joie éclata, et elle répandit d'abondantes larmes.

Cependant, après ce premier élan, elle eut presque honte d'elle-même, elle regarda bien au fond de son cœur et ne s'expliqua pas le sentiment qui y était entré à son insu. Alors, elle appela la raison à son aide et voulut combattre sa passion naissante. Elle fit également appel à son passé, à son honnêteté, et finalement, après mûre réflexion, elle se crut forte de sa résolution de ne pas aimer Manoël.

M. de Cimerose mourut huit jours après ce premier aveu. Mme de Cimerose désolée ferma sa porte à tout le monde et se concentra dans sa douleur. Elle prit même le lit, accablée par le spleen.

Tous les jours, Manoël déposa sa carte à l'hôtel de la malade, qui ne sortit pas de tout l'hiver. Au printemps seulement, elle partit en Italie, pour s'arracher à son ennui et à l'amour, qui pendant cette réclusion volontaire n'avait fait que croître. Durant tout le voyage, elle fut triste; Paris lui manquait maintenant qu'elle l'avait quitté, et elle voulait à chaque station revenir sur ses pas. Cette indécision la conduisit jusqu'à Milan, but de son voyage.

La première personne qu'elle vit sur le quai de la gare, le soir en arrivant, fut Manoël.

— Comment ! vous, monsieur, dit-elle, satisfaite et fâchée à la fois.

— Moi-même... Je vous attendais.

Marthe hésita avant de répondre, elle regarda longuement Manoël, et finit par lui dire d'une voix un peu émue en lui prenant le bras :

— Eh bien ! conduisez-moi, monsieur... Je suis heureuse de vous rencontrer, je ne serai plus seule.

Et tout en cheminant :

— Plus jamais ? demanda Manoël.

— Non, je ne serai plus seule jamais.

— Bien vrai ?

— Bien vrai, car vous serez ou à mon bras ou dans mon cœur. Chut !

. . . .

Quelques jours après, un matin, Marthe encore couchée, sa blonde tête sur la main, attendait que Manoël vint lui murmurer son bonjour matinal, et elle se disait :

— C'était fatal ! il s'était trop imposé à moi pour que je ne le subisse pas... Ah ! je sens maintenant ce que c'est que l'amour, et je l'aime... Comme il tarde...

Et Manoël, tout en se dirigeant vers l'hôtel où était descendue Marthe de Cimerose, se disait aussi :

5

— J'ai fait sonner pour Marthe l'heure du diable, comme a dit Arsène Houssaye. Je me suis imposé à cette femme, je l'ai circonscrite de mes regards, je l'ai saturée de ma présence. Un jour plus tôt, ou un jour plus tard, c'était fait de moi ; je n'atteignais pas mon but, j'ai saisi le moment psychologique, l'heure du philosophe qui dit avec raison : « Il y a dans la vie de chaque femme une heure, une seule, où elle doit fatalement tomber. Il faut savoir la saisir. » Je l'ai saisie.

— ... Bonjour, Marthe.

— Bonjour, Manoël, comme tu arrives tard.

— Non, comme d'habitude, il est à peine huit heures.

— Alors, c'est que je t'attendais.

— Que tu es belle.

— Je t'aime tant...

LE ROI BOIT!

O U

LES INCONVÉNIENTS D'AVALER UNE FÈVE.

ÉRIEUSEMENT je me demande, maintenant que je relis mon titre, si je ne ferais pas mieux d'aller faire un tour sur le boulevard que de vous narrer mon conte, car il est tellement scabreux qu'il m'effraye moi-même un peu; et je ne sais vraiment pas si je pourrai le mener à bonne fin.

Faire un tour de promenade, me serait certes profitable, mais me taire, par contre, me chagrinerait; aussi, ma foi tant pis, je vais tout dire, d'autant que mon principal héros n'est plus et que par conséquent il ne viendra pas me reprocher mon indiscrétion (quand je dis indiscrétion, c'est plus même, vous allez en juger).

J'aurai soin pourtant, d'adoucir autant que possible les tons, d'arrondir les angles afin de ne point choquer les oreilles ou trop jeunes ou trop pudibondes. Le lecteur me pardonnera donc si je cède à mon envie de bavarder, car je réclame toute son indulgence.

Voici la chose :

I

Le 20 décembre de l'année.... mettons qu'il y a longtemps, le comte Henri de Brette avait convié à dîner plusieurs de ses amis intimes. Du nombre étaient le général Maxime et sa femme, le capitaine Paul et la sienne : celui-ci étant le chef d'état-major de celui-là; puis M. de Marolles, un jeune sous-préfet, sans préfecture à ce moment; M. Lucio Miqueval, un attaché d'ambassade, et d'autres qu'il est inutile de nommer, attendu qu'ils ne prirent aucune part à l'aventure que j'ai à raconter.

A la fin de la soirée le comte avait dit à ses invités:

— Mes amis, je vous ai réunis pour vous souhaiter d'ores et déjà, une bonne année. Comme tous les ans, je quitte Paris demain, car je n'aime ni la foule qui ondule autour des baraques du jour de l'an, ni les visites que l'on se croit dans l'obligation de faire à cette époque. Donc, que ceux qui veulent faire comme moi me suivent, je leur offre l'hospitalité à mon château de Mousseaux ; nous chasserons.

On avait d'abord refusé, puis les invités que je viens de nommer avaient fini par accepter. Mais à la condition pourtant d'aller à Mousseaux seulement après le 1er janvier.

— Aux *Rois* alors ? avait demandé le comte.

— Aux *Rois* soit, et nous les tirerons qui plus est, ventre-mahon ! avait répondu le général qui aimait à parsemer son langage de jurons un tant soit peu militaires.

— Il est bien entendu, messieurs, que ce n'est pas une partie de garçons que je propose, et que les dames devront accompagner leurs maris, avait ajouté le comte.

— Parfait ! parfait, on ne s'amusera que mieux, mille bombardes !

— Bonsoir, mesdames.

— Bonsoir, messieurs...

Et l'on s'était séparé sur ces mots.

C'est donc cette partie de chasse et ses suites que je vais raconter.

Mais avant, permettez-moi de vous présenter le comte Henri et ses invités. Le récit d'ailleurs n'en sera que plus compréhensible, cette formalité toute anglaise une fois accomplie.

Le général Maxime portait gaillardement ses soixante-cinq ans. C'était un vieux grognard qui avait fait les campagnes d'Afrique, de Crimée et d'Italie. S'il avait sollicité de rester en France, lors de la guerre du Mexique, c'est qu'il était sur le point de se marier; pour se rajeunir un peu, avait-il dit à ses amis.

Cette idée de mariage lui était venue un jour, qu'il assistait à la bénédiction nuptiale d'un de ses aides de camp, le lieutenant Paul. A la cérémonie il avait remarqué une charmante jeune fille, amie intime de la mariée et plus âgée qu'elle; il s'était informé et avait appris que cette jeune fille avait vingt-quatre ans, était orpheline et n'avait pas de fortune; le général lui offrit sa main : elle accepta. Ce jour-là le général fit nommer son lieutenant au grade de capitaine et le garda auprès de lui en qualité de chef d'état-major. Ainsi Anna la générale, et Jeanne la capitaine ne se quittèrent pas plus que leurs maris Maxime et Paul.

Alors, le capitaine jugeant que sa fortune militaire dépendait dorénavant de son général s'appliqua à ne le contrarier en rien, il alla même jusqu'à lui ressembler pour flatter son amour-propre. Grands tous deux, ils avaient une figure martiale qu'ornait une formidable moustache en croc et une impériale allongée en pointe. La seule différence qui existait entre eux est, que le général était poivre et sel, tandis que le capitaine, plus jeune, était châtain foncé, mais dans l'obscurité personne ne se serait aperçu de cela. Il en était de même pour leurs cheveux qu'ils *ramenaient*, comme on dit.

M. de Marolles, le préfet, était un gentleman qui depuis qu'il avait été « appelé à d'autres fonctions, » au dire de l'*Officiel*, s'était livré aux joies du monde où il conduisait le cotillon, et dans cet art du reste, il déployait une grâce, une distinction tout à fait remarquable.

Lucio Miqueval était un pur hidalgo, au teint basané, aux yeux vifs; amoureux et jaloux, et malgré cela parisien dans l'âme. C'est à cette dernière qualité d'ailleurs qu'il dût sa nomination d'attaché en France à l'une des ambassades d'une République de l'Amérique espagnole.

L'amphitryon enfin, le comte Henri de Brette était un type de parfait gentilhomme. De haute taille, bien découplé, fort, il était grand chasseur devant Dieu et beau buveur et bon mangeur devant les hommes. Veuf depuis quelques années, son bonheur consistait à recevoir ses amis. Chez lui on était chez soi et la vie y était large et bien comprise. Le château de Mousseaux qu'il habitait, et qu'il habite encore, est situé sur la route de Draveil entre la forêt de Sénard et la Seine.

II

Arrivons maintenant à ce château en même temps que les invités, c'est-à-dire la veille de l'Épiphanie, la veille des *Rois*.

Les jours sont courts en cette saison et le soleil est couché depuis longtemps, quand nous montons les degrés de pierre, en haut desquels le comte Henri attend ses invités.

Il est six heures, la cloche résonne, le dîner est servi, tout le monde se réunit.

— Mais, dit le comte, il me manque un invité. Où est le capitaine, général?

— Ah! mon bon, vous n'auriez certes pas voulu, ventre-mahon, que le service périclitât en mon absence n'est-ce pas? J'ai donc laissé mon chef d'état-major à Paris pour y veiller.

— Ah! quel ennui!

— Consolez-vous morbleu! il viendra demain matin par le premier train. En tous cas, vous le voyez, voilà sa femme, *ergo...*

— Parfait, alors, parfait. Votre santé est bonne mesdames, et vous préfet, et vous Lucio, comment va?

— Très-bonne, comte, merci.

— Bien, très-bien, amigo mio.

— Allons à table maintenant.

Le dîner fut gai. On convint que le lendemain on partirait aussitôt l'arrivée du capitaine, c'est-à-dire sur les huit heures ; qu'on irait courre un cerf, relevé le soir même par les gardes près de la grand'mare, et qu'enfin les dames viendraient au-devant des chasseurs dans l'après-midi. Après la bête forcée ou tuée, on rentrerait au château pour faire la curée dans la grande cour d'honneur. Tout bien convenu et arrêté, et les ordres donnés au piqueur, chacun prit son bougeoir et s'alla coucher.

Le lendemain le soleil, pareil à un énorme pain à cacheter rouge, se leva au milieu d'un brouillard épais qu'il finit bientôt par percer. Le froid était piquant. La bise hivernale soufflait par rafales, courbant les branches dénudées des arbres. Le givre, soudé à ces arbres, semblait aux rayons de l'astre naissant autant de diamants brillants aux feux d'une rampe.

A huit heures, le capitaine arriva tout équipé pour se mettre en selle. Alors sans plus tarder, la fanfare stridente résonna, et l'on partit au petit galop de chasse.

Je ne parlerai de la journée que pour dire que le cerf forcé fut servi à la main par le général, qui en fut tout joyeux.

5.

— Il ne manquerait plus que la royauté m'échoie
ce soir, avait-il dit en riant.

En entendant cette parole, le comte, le préfet et
Lucio s'étaient promis de combler les vœux du général
en lui faisant tirer la fève, et c'est, tout en cherchant
le moyen d'arriver à ce but, qu'ils étaient rentrés au
château.

Il était nuit close quand on rentra. Les invités,
ayant grand faim, se débarrassèrent promptement de
leur attirail de chasse, dans le vestibule, et passèrent
dans la salle à manger.

Avant de se mettre à table on tira les rois, et ce qui
avait été convenu entre les trois amis se réalisa.

Le général eut la fève; mais tout à coup, soit qu'il
fût de bonne foi, puisqu'il avait affirmé ne l'avoir
pas, soit qu'il eût voulu, au contraire, éviter la cou-
ronne en avalant la fève, sa tête se renversa, il pâlit
et râla.

— A boire! j'étouffe, s'écria-t-il.

Tous se précipitèrent autour de lui.

— Qu'y a-t-il, général?

— A boire... corbl... la fève... elle est là... elle ne
veut pas passer la... maudite fève.

Il devint rouge, cramoisi, puis violet. Enfin il fit
un vigoureux effort en buvant un verre d'eau, et le
malencontreux farineux glissa, emporté par le liquide.
Quelques instants plus tard, il serait mort étouffé,

entre les bras de ses amis. Heureusement il n'en fut rien.

— Ventre mahon, mes amis, je vais mieux. Je viens de l'échapper belle... Ah! je respire... elle est passée... Encore un peu de vin... oh! oui, bien passée... Diable! mais je viens d'avaler mon sceptre, l'on ne va peut-être plus vouloir reconnaître mon droit maintenant.

— Si, général, si, et comme preuve : A votre santé, à la santé du roi !

Cette facétie dissipa la peur, la gaîté reparut sur tous les visages, et le sourire vint de nouveau s'épanouir sur toutes les lèvres.

A table, chacun prit place à sa fantaisie. Le général avait à sa gauche la capitaine, qu'il avait couronnée *reine*, et à sa droite le préfet, qui s'était déclaré son grand échanson, et cela, parce que s'étant oublié un jour devant le général, il s'était un peu... lancé, que le général l'avait plaisanté, et qu'il voulait prendre sa revanche en faisant lui-même perdre la raison au général, qui se vantait d'être un modèle d'abstinence.

Aussi après le potage :

— Mon général, je bois à votre avénement au trône, lui dit-il.

— A mes sujets ! répondit le roi en vidant une première fois son verre.

Et tous les convives en chœur répétèrent :

— Le roi boit! le roi boit!

Au premier service :

— Mon général, je bois à la reine !

— A la reine ! répéta-t-il en vidant son verre de nouveau.

Quelques instants après :

— Au dauphin! dit le préfet.

— Ah! mes amis, ici je vous arrête. Non, pas encore au dauphin, hélas ! Je le voudrais pourtant bien, mais cela n'est pas ! La Providence n'écoute pas mes prières, et je crains bien que ma race royale s'éteigne avec moi. Je n'ai pas de marmot qui me grimpe aux jambes, pas la moindre petite graine de général... futur. Autour de moi il n'y a que des *graines d'épinards*, ce qui n'est pas la même chose.

— Ah! ah! le roi fait des mots. Charmant, général, charmant, s'exclama Lucio Miqueval.

— Soyez sans crainte, général, dit le préfet, les royautés ont toujours eu des enfants, et des mâles encore, nous en avons maints exemples dans l'histoire. Un peu de patience, que diable! et cela...

— Je le souhaite, interrompit le général en vidant encore son verre.

Le dîner suivait son cours, les joyeux propos volant de bouche en bouche. La royauté n'était ni tyrannique ni personnelle, et la franche gaieté, plutôt que le roi, régnait en maîtresse souveraine.

— Et cette fève, demanda le comte en riant, passe-t-elle, grand roi ?

— Lentement, mon féal sujet ; néanmoins elle passera, grâce aux bons offices de mon échanson qui a soin de continuellement emplir mon verre, verre d'ailleurs que je vide sitôt plein.

— Prenez garde, mon roi, le vin...

— Le vin ! laissez donc ! le vin est un breuvage des dieux qui égaye parfois...

— Et grise souvent, général.

— Quand vous me verrez gris, comte, tous vos convives le seront, croyez-moi. Jamais, entendez-vous, jamais je ne me suis grisé. D'abord ce n'est pas de mon monde.

— Il me semble pourtant, général, qu'à Sébastopol.

— A Sébastopol, c'était permis, capitaine, je célébrais une victoire, et quand on aime son pays, il faut pardieu, savoir le fêter. Ce n'est certes pas vous qui vous griserez, ventre mahon, vous ne buvez pas.

— Pardon, général, je bois et tenez : A la santé du futur dauphin !

— A sa naissance, plutôt !

Et ce fut une nouvelle rasade que l'on but en cet honneur.

La gaieté devint peu à peu bruyante. Tout le monde parlait à la fois. A chaque verre nouveau, le général perdait de son prestige royal, il buvait sans vergogne et surtout sans souci de ce qui pourrait en advenir.

Au champagne, ses yeux devenus petits titillaient, ses pommettes rougies luisaient, sa voix impérieuse était cassante et saccadée, et par moments sa tête allait dodelinant de droite et de gauche : Bacchus avait fait son œuvre, le général était littéralement dans les vignes du Seigneur. Il appelait sa voisine sa petite chatte, le comte sa vieille, et le capitaine un *clampin* qui ne savait pas boire.

— Moi je sais boire, capitaine, disait-il, et je bois sec sans jamais perdre la raison. Allons, soyez à la hauteur de votre roi : buvez!... Tiens, je ne suis pas fier, trinque avec moi. Aujourd'hui, foin de la discipline, il n'y a ni supérieur, ni inférieur, nous sommes amis, voilà tout. A ta santé, *clampin*!

Le général était sans doute fort amusant, mais l'heure avançait, et le vin joint à la fatigue, ayant appesanti bien des paupières, on parla de s'aller coucher.

La générale et la capitaine donnèrent bientôt le signal du départ. Les premières, elles gagnèrent leur chambre, laissant leurs maris, le comte, Lucio et de Marolles achever leur cigare.

Une fois entre hommes, le général se mit à son aise, ouvrit son gilet et défit même, je crois, un bouton de sa culotte de chasse. Alors il raconta ses aventures de garnison, aventures toutes plus grivoises et abracadabrantes les unes que les autres, qu'il arrosa encore de bon nombre de verres de liqueurs.

De Marolles et Lucio ayant fini de fumer s'allèrent coucher, et le comte les suivit de près en disant au général et au capitaine :

— Vous savez, messieurs, Baptiste restera dans l'antichambre. Si vous désirez quelque chose, vous sonnerez.

— Bien, très-bien... murmura le général.

— Vos chambres, vous les connaissez, n'est-ce pas? A gauche, celle du général, à droite, celle du capi...

— Assez, ventre-mahon, nous le savons parbleu bien... Je te disais donc, clampin, qu'en 1820... continua le général en s'adressant au capitaine qu'il retenait par le bras... j'étais en garnison à...

Mais je ne raconterai pas toutes les histoires que débita alors le général, ce serait trop long, car pendant deux heures il parla, et pendant ces deux heures le capitaine dut l'écouter sans oser l'interrompre. Enfin, après ce temps la langue du général s'épaissit, il embrouilla ses phrases, passa sa main à plusieurs reprises sur son crâne brûlant, clignota des yeux, et finalement, croisant les bras sur la nappe, il y laissa tomber sa tête alourdie. Aussitôt il s'endormit en disant au capitaine en guise de péroraison :

« C'est égal, quand le roi boit... il boit bien, ma vieille. »

Libre enfin, le capitaine se leva. Mais, une fois debout, tout se mit à danser autour de lui et durant un instant il dut se tenir à la table pour ne pas tomber et reprendre ses sens. Sans être gris, il était étourdi et éprouvait un grand besoin de dormir.

Sans bruit, et comme instinctivement, il prit son caban suspendu à une patère, traversa l'antichambre sans éveiller Baptiste et gagna l'escalier.

— C'est égal, murmurait-il en gravissant péniblement les degrés, il est diablement parti mon général. Moi-même, je ne suis pas très-solide au poste. Ah ! bast, une bonne nuit passée... tranquillement, un sommeil réparateur dissipera tout cela, demain il n'y paraîtra plus.

Et tout en se parlant ainsi, il tourna le bouton de la porte.

Un pâle rayon de lune, tombant de la fenêtre, éclairait la chambre.

— Ma foi tant mieux, de cette façon je n'ai pas besoin d'allumer une bougie, se dit-il.

Il se déshabilla prestement et doucement, se glissa sous la chaude couverture.

— Ah ! c'est toi, mon ami ? murmura aussitôt et très-bas une voix de femme à peine réveillée.

— Oui, tu ne dors donc pas, ma chérie.

— Non, je t'attendais... Oh! comme tu as froid, approche-toi un peu.

— Le fait est que dans cet escalier le vent souffle... et dehors il gèle ferme.

Le capitaine obéissant, un peu à regret — il ne comptait pas trouver sa femme éveillée — s'était approché, près, puis très-près. Il avait embrassé l'ensommeillée qui lui avait passé ses bras potelés autour du cou.

Puis on avait entendu dans le calme de la nuit un bruit prolongé et sourd de petits baisers, deux soupirs, enfin le silence était revenu.

Mais au moment où le capitaine allait s'assoupir, deux petits coups discrets furent frappés à la cloison de l'alcôve, et ces mots venant de la chambre voisine arrivèrent à son oreille :

— Dors-tu, mignonne?

— Non, belle chérie, pourquoi?

—— Est-ce que ton mari est monté?

— Mais oui, chère belle, voilà plus d'une demi-heure que le général est couché.

— Le général! se dit le capitaine à lui-même, comment cela?... cette voix, en effet.

— Le capitaine n'est pas encore ici, continua la voix de la chambre voisine, que peut-il faire? serait-il malade?

— Tu entends, Maxime, dit la dormeuse au capitaine, cette pauvre Jeanne attend Paul comme je t'attendais tout à l'heure.

— Plus de doute, pensa notre héros, plus de doute, je suis chez... la générale, oh ! mon Dieu, comment sortir de là... si le général allait entrer... je suis perdu... que faire.

— Tu dors donc, Maxime, que tu ne réponds pas? continua la générale, qu'as-tu fait de ton chef d'état-major !

— Je ne sais... peut-être que... je vais aller voir... cela vaut mieux.

— En effet, car il pourrait être indisposé, et sa petite femme...

— Oui, sa petite femme... je vais le chercher et je reviens.

— Prends garde d'avoir froid au moins, mon ami?

— Je ferai attention.

Et sans plus attendre, le capitaine sauta à bas du lit, saisit ses vêtements et quitta la chambre de la générale.

— Ouf! fit-il une fois dehors. Habillons-nous maintenant. Mille sabretaches, me voilà lancé dans une belle affaire, moi ! il n'y a pas à dire non, je me suis bel et bien trompé de chambre, et c'est avec la générale que... Oh !... comment sortir de là, mon Dieu ! comment sortir de là. C'est encore heureux que le général ne soit pas survenu au moment... que faire?

Sa toilette achevée, il s'oriente, saisit la rampe et descend. Dans le vestibule Baptiste dort encore, et dans la salle à manger le général, toujours dans la même position, ronfle maintenant.

Le capitaine s'approche de son supérieur et lui touche l'épaule du doigt. Le dormeur lève la tête et répète maugréant : « Tais-toi, clampin, le roi sait boire et... voilà. » Puis il ronfle de nouveau.

Indécis, le capitaine se promène par la salle, ne sachant à quel parti s'arrêter.

— Tiens, mon caban, je croyais l'avoir monté... non à ce qu'il paraît. Alors je l'emporte... Encore une fois que faire,.. Ah bast! à la grâce de Dieu après tout. Le général dort, sa femme ne se doute pas de ma... de notre méprise... Elle est bien la générale! Allons, je vais rentrer cette fois dans ma vraie chambre, d'autant que la fatigue, l'émotion, me tuent. Demain, il sera temps encore de conjurer l'orage, la nuit porte conseil.

Le capitaine ne se trompa plus, et sa femme Jeanne, sa Jeanne enfin, le reçut tendrement.

— Comme tu as tardé, mon Paul.

— C'est la faute du général, chérie ; en l'écoutant je me suis endormi, il est monté sans me prévenir, enfin il vient de me chercher. Il me suit, il va remonter à son tour.

— Tu dois avoir froid. Couche-toi vite.

Sans se le faire répéter, le capitaine se coucha auprès de sa femme, qui fut, je dois l'avouer, aussi
tendre que l'avait été la générale...

Une heure après, tout était rentré dans le silence.
Le capitaine et sa femme s'étaient endormis, la générale dormait aussi, le général toujours dans la
salle à manger ronflait sur la nappe, Baptiste s'était
étendu sur une banquette de l'antichambre et rendait la note au général, enfin quatre heures du matin
sonnèrent lentement.

III

Le lendemain on descendit tard. Le général se promenait dans le parc et était fort mécontent de lui,
les brises matinales n'étant parvenues à dissiper,
qu'en partie seulement, les vapeurs de la nuit. Tout
était vague dans son esprit, et, quoiqu'il fît pour rassembler ses idées, il ne se rappelait que très-impar-
faitement les événements qui avaient suivi le dîner.
Aussi, lorsque sa femme lui reprocha de n'être pas
remonté se coucher, il crut à une plaisanterie tout
au plus et se défendit sans être assuré de ce qu'il
disait, d'autant qu'il ne pouvait nier la présence de

son caban dans la chambre de sa femme, caban on se le rappelle qu'avait apporté le capitaine en se trompant la première fois.

A déjeuner, les convives trouvèrent le capitaine bien fatigué.

— On dirait, capitaine, à voir votre air abattu que vous venez de fournir une étape, lui dit M. de Marolles en riant.

— Vous pourriez même dire une double étape, mon ami, répondit le capitaine avec un petit air malin.

Après le déjeuner, les invités prirent congé de leur hôte et rentrèrent à Paris.

IV

Cinq mois après ce que je viens de raconter, le général Maxime arriva un beau matin au rapport, ayant une physionomie tout autre que celle qu'on lui voyait d'ordinaire : il avait l'air réjoui. Il prit à part son chef d'état-major, le capitaine Paul, qui s'efforçait d'oublier l'aventure de Mousseaux, et, l'entraînant dans l'embrasure d'une fenêtre, il lui parla en ces termes :

— Mon cher ami, la Providence va, je pense, combler mes vœux. J'ai des raisons de croire que je vais être père... Ma femme...

— Comment, général ?

— Oui, capitaine, oui, père. Et cela date du jour des Rois, de notre partie chez le comte.

— Il me semblait pourtant que vous n'aviez pas...

— Oui, sur le moment en effet je ne me suis rien rappelé, j'étais encore trop sous l'influence de Bacchus, mais, depuis, la mémoire m'est revenue, je me suis parfaitement souvenu de tout. Oui, je suis bel et bien monté chez ma femme et ma foi, est-ce le vin, la fève avalée ou la royauté elle-même, je ne sais, mais ce dont je suis sûr, c'est que cette nuit-là j'ai retrouvé mes vingt ans. Oui, capitaine, oui, j'ai été plus jeune que jamais, ventre-mahon, je me le rappelle parbleu bien !

— Mes compliments, général.

— Ah ! dites-moi, mon ami, vous serez le parrain de ce futur général, j'espère ?

— C'est trop de bonté vraiment !

— Non, capitaine, c'est justice, je vous estime et je vous aime ; d'ailleurs ma femme, qui est une amie de la vôtre, me l'a demandé. Et puis, ce parrainage me fournira l'occasion de vous faire une surprise le jour du baptême.

— Une surprise?

— Certainement... C'est égal, capitaine, si jamais je veux un second enfant, je sais maintenant la manière de m'y prendre.

— Mais cela ne réussira peut-être pas chaque fois, général.

— Pourquoi pas? dans les mêmes conditions?

— Ah! si c'est dans les mêmes conditions, vous avez raison, mon général, ça réussira, ajouta le capitaine en riant sous cape et de bon cœur, quoique un peu gêné.

— Somme toute, le préfet avait raison : la royauté a toujours des descendants ; seulement, il faut que le roi boive et qu'il avale la fève, ah! ah!

— Cette fève-là est une couleuvre, pensa le capitaine à part soi.

— Ah! je suis bien heureux, conclut le général.

. . . .

En temps voulu, Mme la générale mit au monde un gros gaillard qui ressembla étonnamment au capitaine. Celui-ci, devenu commandant — c'était la surprise que lui avait réservé son supérieur, le tint sur les fonts et le nomma Paul. Ce dont les bons petits camarades de promotion glosèrent bien au cercle le soir.

A l'église cependant, tandis que le prêtre disait ses *oremus* et appelait les bénédictions du ciel sur la tête de l'enfant, le capitaine, mâchonnant sa moustache, pensait :

— Elle est tout de même bien bonne celle-là. Ah ! c'est pardieu bien amusant ! Enfin... j'ai rendu service à mon supérieur après tout !... aussi vaut-il mieux que ce bon général conserve l'illusion et pour lui et pour moi... Que les hasards de la vie sont donc curieux... Pauvre bébé... va !... je t'aimerai comme mon fils.

A la sortie :

— Enfin, commandant Paul, voilà ma graine !...

— Précisément général, je me le disais, graine de général pour vous et pour moi graine d'épinards.

— Tiens, mais c'est mon mot cela. Vous vous en souvenez, très-bien, ah ! ah ! très-bien !

Et le général et le commandant, tous deux très-heureux, se serrèrent cordialement la main.

D'où il faut conclure que ce que l'on désire croire se croit aisément, et que c'est la foi seule qui sauve.

UN DRAME EN MER

A M. A. Pressard,
professeur au lycée Louis-le-Grand.

I

A mer est un peu houleuse. Au loin les vagues moutonnent, le vent du nord pousse violemment les flots sur le galet de la plage. Quelques barques, éparses en pleine mer, tirent des bordées pour s'approcher du rivage et y vendre leur poisson. Mais là-bas, tout au loin, débusquant du nord de la falaise et presque perdue dans la brume matinale, une voile blanche apparaît, mêlant une note nouvelle et gaie à ce concert de voiles brunes.

Cette barque avance rapidement, sous l'impulsion de son foc, de son hunier, et de sa grand'voile carguée pourtant par deux ris. Elle grandit peu à peu, on

6

aperçoit la coque, dont l'étrave fend la vague, et la voile blanche inclinée sur les flots. Bientôt on distingue les quatre hommes de l'équipage, plus une forme indécise qui doit être une femme. La barque entre dans le port, quand une voix forte, partie de son bord, vient mourir sur la grève :

— Pare à virer, barre sous le vent, mousse ! serre l'écoute de la grand'voile, amène la flèche. Largue l'écoute de foc à bâbord... bien... largue tout, amène, amène... Mouille à l'arrière... *souque* en douceur... Aïe... talonné, sâbords ! La plage n'est que galets !... Mousse à terre... A toi, l'amarre ! Bon...

Et la barque échoue sur la grève d'Yport. A terre, le mousse embosse son amarre à un cabestan. Sur le bateau, le capitaine veille au désemparement. Les voiles se serrent sur les mâts, les étais sont mis en ralingue, les cordages s'enroulent sur le pont, les drisses sont carguées sur leurs taquets d'amarre : le bâtiment est complétement désemparé. La mer se retire, et bientôt on peut tourner autour de cette embarcation inconnue, et lire sur le bandeau d'arrière ce nom : « *Le Pélican.* »

Tout le monde des baigneurs et des marins est assemblé sur la plage et se demande d'où peut venir ce bateau, à quel port il appartient, quel est son capitaine ? A ces questions, nous répondrons : Cette barque arrive de Paris, elle appartient au port d'Argenteuil, et son capitaine est parisien. Nous ajouterons que c'est un drame passé à son bord qui l'a forcé à relâcher à Yport.

Voici, en quelques mots, quel est ce drame. Deux mois auparavant, au mois de mai, quatre bons amis déjeunaient à la campagne. Les senteurs printanières tout autant que le vin blanc du cru les avaient grisés, et ils déraisonnaient sur la fragilité de la vie humaine. Criant contre la destinée, maugréant contre l'existence toute monotone que l'on mène à Paris, dénigrant contre les hommes et les choses, mécontents de tout, de tous et d'eux-mêmes, ils cherchaient du nouveau pour se distraire, et, n'en trouvant pas, ils buvaient force rasades.

— Si nous quittions Paris, ses pompes et ses œuvres, dit l'un.

— Où aller ? dit un autre.

— N'importe, ajouta un troisième.

— A pied ou en voiture ? demanda un quatrième en riant.

— Non, en bateau, messieurs, répliqua le premier. Nous formons, à nous quatre, l'équipage du « Pélican, » notre ami Armand est notre capitaine, qu'il ordonne et nous mettrons à la voile. Allons, parle, capitaine.

— Est-il vrai, et seriez-vous décidés à me suivre ? Rien ne vous retiendrait-il à Paris ?

— Nous sommes décidés, commande, nous sommes libres de tout et nous te suivrons.

— C'est bon, j'accepte alors. Cherchez-moi un mousse. Demain matin, vous recevrez mes ordres.

Et les quatre convives s'étaient séparés. Le capitaine Armand était radieux. Enfin, il allait mettre à exécution ce projet si longtemps caressé, de faire un véritable voyage, avec son magnifique voilier, trop grand pour naviguer en Seine, mais pourtant bien petit pour faire un voyage en pleine mer. Le soir il envoyait à ses trois amis l'ordre suivant :

« Départ d'Argenteuil le 1er juin, à huit heures du
« matin. On ne rentrera qu'en septembre à Paris. Se
« munir des effets nécessaires pour rester trois mois
« en *mer*. — Première mise de fonds, 5oo francs. —
« Signé : Le capitaine Armand. »

Et, tout en fredonnant de plaisir, Armand était allé faire ses adieux à la petite baronne. Disons de suite, et entre parenthèse, que nos quatre matelots amateurs possèdent, chacun, au moins quinze mille livres de rente, qu'ils sont gens du monde, et qu'ils fréquentent la meilleure société de Paris.

— Vous, Armand, à cette heure ? dit la baronne en le voyant entrer.

— Moi-même, baronne. Je viens vous faire mes adieux. Je pars après demain, 1er juin.

— Pour une huitaine ?

— Non, pour trois mois.

— Pour trois mois, mais c'est affreux !

— En effet, car c'est un voyage d'exploration que j'entreprends.

— D'exploration ? Vos instincts vous reviennent ?

— Certainement. Je n'ai pas été dix ans marin, pour oublier si vite le métier. Jules, Edmond, Carl et un mousse m'accompagnent. Nous montons mon voilier le « *Pélican*, » et nous allons toujours devant nous en descendant la Seine.

— Vraiment ! mais au Havre pourtant ?

— Au Havre ! nous nous équiperons pour voyager sur la côte, et nous remonterons tout le littoral jusqu'à Boulogne ou Calais. Peut-être, à ce point, passerons-nous en Angleterre.

— Si loin, monsieur Armand ?

— Si loin ! chère baronne, cela vous étonne, à ce que je vois ?

— Oui et non. Oui, parce que c'est un long voyage parsemé de dangers, et non, parce que je vous sais courageux. Il est vrai que vous avez un bateau merveilleusement construit, que dix personnes peuvent facilement coucher à son bord, et que, par les temps calmes, vous avez la ressource de la petite hélice électrique que vous avez fait agencer l'année passée.

— Donc, il n'y a pas de danger, comme vous le disiez. D'ailleurs, ce voyage sera charmant. Nous

6.

arrêtant à notre fantaisie, ici ou là, peu importe, mangeant ce que nous trouverons sur la côte ou ce que nous pêcherons en mer, nous serons libres comme l'air ; plus libres que vous, qui êtes cependant veuve, car personne n'aura à contrôler nos actes, et nous nous soucierons du monde tout autant qu'un poisson d'une pomme.

La baronne était devenue rêveuse.

— Combien êtes-vous à bord ? Qu'est-ce qui commandera ? dit-elle tout à coup.

— C'est moi qui suis le chef de l'expédition, et, en me comptant, nous ne serons que quatre à bord et un mousse.

— Pouvez-vous prendre, sous le sceau du secret, un sixième passager ?

— Cela dépend de qui, baronne.

— De moi, capitaine.

— Comment, de vous ? Vous plaisantez, je suppose.

— Non, je parle sérieusement. Je suis veuve, comme vous venez de le dire, c'est-à-dire libre, et je m'ennuie. Tout le monde, en ce moment, quitte Paris, je partirai comme tout le monde, et vous me prendrez à votre bord, au Havre, où j'irai vous attendre. Vos amis et vous me connaissez assez pour me respecter, et vous êtes assez discrets, tous, pour taire mon escapade. Je veux me fier entièrement à vous.

— Mais pensez bien, baronne, que ce voyage sera long, parfois dangereux.

— Vous disiez qu'il n'y avait aucun danger.

— Pour des hommes, certainement, mais pour une femme...

— Tranquillisez-vous, capitaine, à bord, je serai un homme.

— Vous êtes bien décidée ?

— Oui, bien décidée.

— C'est dit, alors. Vers le 12 ou le 15 juin, nous serons au Havre.

— Je vous y attendrai. Au revoir et silence jusque-là.

— Au revoir et silence !

Le capitaine Armand, en sortant de chez la baronne, était fort perplexe. Certes, il y avait de quoi. La petite baronne, comme on l'appelait, était une charmante petite femme, fine, spirituelle, intrépide, vertueuse quoique veuve, et belle, ce qui augmentait son charme. Or le capitaine Armand, comme ses trois amis, avait soupiré pour elle, mais en pure perte, et la perspective de se trouver nuit et jour presque, pendant trois longs mois, en présence de cette adorable personne, effrayait le pauvre capitaine. Il aurait voulu refuser, mais qui aurait osé refuser la moindre des choses à la petite baronne ? Personne. Aussi Armand lui avait accordé de faire partie de l'expédition.

II

Le 1er juin, à l'aube blanchissante, l'équipage, au grand complet, opérait le chargement du « *Pélican* » à Argenteuil.

Le bateau était amarré au quai, un mousse, un véritable mousse, trouvé par le plus grand des hasards sur le pavé de Paris et embauché par Carl, astiquait le pont et arrimait tout à bord. Ce bateau gréé en cutter mesure 15 mètres de long, il est ponté. Sur sa proue reluit un cabestan et un petit canon de cuivre à pivot ; devant le grand mât s'ouvre un escalier qui descend à la cale, à la machine et à la chambre du mousse. Au pied du grand mât, vers la poupe, s'ouvre l'escalier qui conduit à la salle à manger, à la cuisine et aux six chambres que comporte le bâtiment. Enfin, à l'arrière s'élève un petit roufle qui sert de salon, et terminant le tout la boussole et la roue de la barre. La voilure se compose d'un foc, d'un clin-foc et d'une brigantine surmontée d'un hunier. Dans la cale sont, d'un côté, les amarres, les drisses, les ancres et les voiles de rechange, de l'autre le charbon et les outils ; enfin, entre deux cloisons

étanches, la soute aux provisions consistant en con-
serves de toutes sortes.

Les trois amis, ignorant la future présence de la
boronne, étaient fous de joie. Armand seul avait une
figure plus calme, qui contrastait avec celle de ses
compagnons ; heureusement que les occupations de
l'appareillage faisaient diversion.

A neuf heures, un coup de canon faisait retentir
l'air, l'amarre était larguée, et sous l'impulsion de sa
petite hélice, le « Pélican » prenait le large et descendait la Seine.

Je ne dirai pas les péripéties qui égayèrent le
voyage jusqu'à Rouen. Les joyeulsetés des matelots
firent passer vite le temps. Chacun à son tour, sauf
le capitaine, était de cuisine, et les ratatouilles
manquées amusèrent beaucoup l'équipage. Quand
ils arrivèrent à Rouen leur apprentissage comme
maître-queux était fait et ils en auraient remonté
même à Monselet, le fin gourmet. Edmond surtout
avait fait d'énormes progrès et était arrivé, lui un
lion, au paroxysme de l'art culinaire, à tel point
qu'un certain jour, il arrangea si bien de la morue
salée que tout l'équipage en mangea, persuadé que
c'était du brochet à la béchamelle ; aussi ce jour-là, à
l'unanimité, il fut gratifié du cordon bleu légendaire
et du titre de maître-queux du « Pélican, » fonctions sérieuses, il est vrai, mais qu'il abandonnait

quand la manœuvre l'appelait sur le pont. A Rouen, Armand rencontra un de ses amis, capitaine au long cours, qui, après visite, fit compléter l'arrimage du petit bâtiment pour qu'il pût supporter la mer sans trop de danger et le munit de filets de pêche.

On était au 10 juin, Armand devenait sérieux, ses camarades, tout en respectant son autorité, le plaisantaient bien, mais Armand ne répondait qu'indirectement à ces lazzis, son secret l'étouffait; la petite baronne était son point noir à l'horizon : ce point imperceptible pour beaucoup qui est le signe du gros temps, des orages pour les connaisseurs.

Le 12, le « *Pélican* » quittait Rouen; le vent étant propice, on mit à la voile, et le petit cutter fila vent arrière, tribord amures, puis grand'largue, puis bâbord amures. Le soir, après le repas, le capitaine plus sérieux que jamais réunit son équipage sur le pont et lui dit :

— Mes amis, demain nous serons au Havre. Là les dangers vont commencer, la mer peut nous être défavorable, il faudra du courage, beaucoup de courage, car...

— Car... quoi (?)

— Car il ne s'agira plus de nous seulement...

— Que veux-tu dire?

— Que nous aurons un passager de plus à bord.

— Un passager ! s'exclamèrent trois voix à la fois.

— Oui, mes amis, un passager, ou pour mieux dire une femme.

— Une femme ?

— A qui je n'ai pas su refuser.

— Qui ? nous diras-tu qui ?

— La petite baronne !

— Ah ! oh ! ah !

— Tant mieux, elle nous distraira, ajouta Carl.

— Tant mieux, elle m'aidera à faire la cuisine, dit Edmond.

— Tant mieux, avec elle le temps sera court, insinua Jules.

— Alors, finit Armand, vous êtes satisfaits. Tout est donc pour le mieux. En route ! Camarades, attention ! Largue les écoutes des focs, amène et serre sur le beaupré ! Jules, à l'hélice, mon bon... Largue la drisse de la brigantine, amène et serre sur la beaume... bien. Chacun à son poste... Nous coucherons cette nuit à Quillebœuf.

III

Cinq jours après, le « *Pélican* » gagnait la pleine mer. C'était la première fois, depuis son départ, qu'il s'aventurait si loin, et qu'il perdait de vue toute terre :

La petite baronne était à bord, sa chambre avait été fort
bien aménagée, un luxe de bon goût y régnait, sa
malle et son nécessaire de voyage avaient complété
le confort de cette bonbonnière, où se trouvait tout
ce qu'une femme peut désirer. Par une raison de
haute convenance, que tout le monde comprendra,
cette chambre était séparée des autres cabines de
l'équipage, c'était le salon de l'arrière, le roufle, qu'on
avait transformé ainsi, et qui se trouvait isolé des
autres pièces par un couloir transversal. La petite
baronne, que ses jupes gênaient, avait revêtu un
costume bleu, composé d'une culotte flottante, à la
zouave, attachée au mollet sous le genou et d'une
vareuse à revers qui tombait au-dessous des hanches.
Cet accoutrement lui donnait un air décidé tout particulier, et sa figure, déjà si énergique, prenait une
expression encore plus cavalière sous le petit chapeau
de toile cirée qu'elle avait crânement posé sur le côté
droit de sa tête. A un détail près, elle avait la pres-
tance fière d'une de ces amazones, belles et terribles à
la fois, dont parle la Mythologie. Nos matelots furent
frappés de ce changement, mais comme il était convenu, qu'une fois à bord, la baronne perdrait son
sexe, on n'attacha aucune importance à cette trans-
figuration, si ce n'est qu'elle permit à l'équipage de
tutoyer un mousse de plus. La baronne, en changeant
de costume, avait perdu son titre et s'appelait main-

tenant : *Petit mousse*. — Petit mousse ! la soupe est-elle bientôt prête ? — Petit mousse ! passe-moi ce bout de filin et l'épissoir. — Petit mousse ! il se fait tard, allume les fanaux, etc., etc. Et *Petit mousse* de répondre gaiement : — Oui, bâbordais ; — non, tribordais ; — dans un instant, steward ; — on y va, capitaine !

Quand arrivait le soir, on approchait des côtes selon la marée, on s'affourchait sur deux ancres, un homme était de quart, et les autres dormaient jusqu'au petit jour. Quand la mer était mauvaise, on se laissait échouer doucement sur le rivage, on dressait deux tentes sur la grève, on se couchait, et, à la marée suivante on repartait.

Durant les premiers jours, la manœuvre constante, un peu le mal de mer, la pêche qu'on était obligé de faire, et qui réussissait assez bien, fatiguèrent énormément nos marins-amateurs. Mais, petit à petit, leur forte constitution reprit le dessus, l'appétit doubla avec les forces, les couleurs revinrent, le teint se hâla, et la franche gaieté réapparut à bord.

Après quatre jours de marche, on n'avait fait que ort peu de chemin, par cela même qu'on avait relâché pendant deux nuits, qu'on avait pêché pendant deux autres, et que deux jours entiers avaient été passés à terre pour se remettre des premières fatigues. Le cinquième jour, il fut convenu qu'on ne s'arrête-

7

rait plus que devant le mauvais temps. La côte, inter-
rogée, répondait : (suivant le point relevé par le capitaine Armand) Cauville, c'est-à-dire que l'on n'avait
fait que 20 à 25 kilomètres en mer depuis le départ.

La brise ayant fraîchi, on mit le cap sur le nord,
et le *Pélican* gagna la pleine mer.

IV

Nos cinq Parisiens étaient vraiment curieux, les
manœuvres leur étaient devenues familières, les
termes de marine eux-mêmes sortaient de leur bouche,
comme si toute leur vie, ils n'avaient fait que naviguer : ils juraient par leurs sabords, se hélaient par
leur nom de quart ; et leurs mains, autrefois finement
gantées de peau de Suède, étaient maintenant presque passées au goudron ; ils maniaient le couteau, la
hache ou l'épissoir avec dextérité, une corde, depuis
qu'ils étaient matelots, n'étaient plus une corde pour
eux, c'était du filin, une amarre, une drisse, une
écoute, un palan, etc., etc. *Petit mousse* s'était fait
à ce vocabulaire et comprenait tout à merveille.

Au moment où nous sommes, le *Pélican* gagne
donc la haute mer. Il est deux heures de l'après-midi,

la mer est calme, la brise est de l'est et le cutter filant grand-largue, les amures sont à bâbord. La misaine abrite du soleil les quatre passagers assis sur le pont et le capitaine surveille son mousse qu'il a posté à la barre. Il fait un peu lourd, quoique cela on se réjouit du temps et le *Petit mousse* se met à chanter une barcarolle vénitienne : un souvenir d'Italie. La baronne a fermé à demi les paupières, elle est renversée dans un fauteuil et sa tête est appuyée sur ses mains posées derrière sa nuque. Elle chante, mais d'une voix étrange, inconnue, on dirait qu'il se passe quelque chose d'extraordinaire en elle. Elle chante, et sa barcarolle, gaie d'abord, devient peu à peu une mélopée langoureuse; elle chante encore, la mélopée se ralentit et ses lèvres s'entr'ouvrent à peine; elle chante toujours et c'est une plainte mélodieuse qui sort, maintenant entrecoupée, de son gosier serré par l'émotion; elle chante et pourtant elle pleure!... Elle sommeille... en rêvant.

Devant cette douleur muette, inconsciente, tout le monde s'éloigne, profondément ému. Dame! la petite baronne, toujours si joyeuse, pleure! et jamais on ne l'a vue pleurer, ce mystère a lieu d'étonner! Nos quatre marins, chacun de son côté, pense à ce fait bizarre, en cherche l'explication et ne trouve rien! Tout est silence à bord; appuyés au bastingage, les matelots et le capitaine regardent, sans le voir, l'ho-

rizon lointain. Le *Pélican* est en pleine mer, traçant
son blanc sillon d'écume, sa proue coupant la vague
qu'elle fait jaillir de chaque côté en mille jets irisés;
quelques goëlands volent en tournoyant autour de
l'enfléchure. Tout à coup la voix de *Petit mousse*
qui s'était tue reprend, le rhythme est changé cette
fois, et pourtant ce chant italien est encore étrange :

Ire STROPHE.

« *O mouette blanche ! belle mouette, qui fuis là-bas, là-bas,
fasse la brise m'emporter comme toi, vers un vays d'or,
ô mouette blanche !*

IIe STROPHE.

« *O mouette blanche ! belle mouette, comme toi mon cœur vole
dans l'aquilon. Il cherche un abri, un abri contre la tempête. Conduis-moi, ô mouette blanche !*

IIIe STROPHE.

« *O mouette blanche ! belle mouette, tu pars sans emporter
mon cœur. Je suis seule, tu me quittes, et je pleure. Je
veux mourir, tue-moi, ô mouette blanche ! Emporte-moi,
ô mouette blanche !*

Et de nouveau la voix de *Petit mousse* s'éteint dans le bruit de la vague...

.   .   .   .

Armand est à la barre.

— Attention! mes amis, pare à virer. Edmond à la machine. Amène en douceur le hunier... bien... la brigantine... bien... serre-la... amène les focs... bien... machine en avant... Stop... laisse arriver... En avant.

Et Armand, assis à sa barre, a suivi de l'œil la boussole et a fait virer, il met le beaupré dans le vent. C'est qu'il a aperçu là-bas, tout au loin, un petit point qui le chagrine, qu'il pressent un coup de vent prochain et qu'il préfère rallier la côte. Les manœuvres se sont ponctuellement exécutées ; le *Petit mousse* finit d'amarrer les voiles, et le mousse serre les drisses et les écoutes. La diversion est faite, la petite baronne est redevenue gaie et semble ne pas se rappeler les souvenirs qu'elle vient d'évoquer, ni la défaillance morale qu'elle a eue; pour elle c'était un rêve. Les matelots seuls, quoique heureux d'être délivrés de cette espèce de charme étrange, le subissent pourtant encore. Armand enfin paraît occupé d'autre chose, il consulte la boussole, fouille l'horizon à tribord et rien ne lui annonce la terre; en effet, selon ses calculs, le cutter est à 8 ou 10 lieues en mer, en ligne droite de Cauville et l'on ne peut voir la côte, il s'oriente, tourne la barre, le bateau s'incline, son cap sur Étretat. Il est quatre heures et demie, en deux heures il peut être à l'abri. Il explique ses craintes à ses amis et tout le monde se range à l'avis de relâcher si la mer vient à grossir. A cinq heures et demie on dîne, le ciel s'est couvert et la mer moutonne ; on mange du bout des dents. Edmond aidé de *Petit mousse* s'est pourtant surpassé, mais, malgré la succulence des plats, la bouche s'ouvre à peine pour manger ; et l'on ne rit pas. Est-ce le temps ? est-ce le chant de la baronne ? je ne sais, mais tout le monde est désagréablement impressionné à bord, et une espèce de sort semble planer sur l'équipage absorbé.

Le grain approche, le ciel s'assombrit de plus en plus. Armand fait allumer les fanaux et la lanterne de la boussole, il est muet et tout occupé de son gouvernail. La pluie tombe et crépite, sur le pont, personne ne bouge, chacun reçoit l'eau en se regardant curieusement.

— *Baronne*, dit doucement le capitaine, voulez-vous qu'on vous aille chercher une cotte cirée.

— Merci, capitaine ! Vous oubliez — pour la première fois — qu'à bord je ne suis pas une femme : je me nomme *Petit mousse*.

En effet, c'était la première fois qu'Armand lui disait vous et l'appelait baronne, jusqu'à ce jour il l'avait appelée selon les conventions : *Petit mousse*, et l'avait tutoyée.

— Mousse! crie le capitaine, comme blessé de cette observation, affale les échelles de descente, ferme tout, aveugle les dalots.

— Vous feriez mieux de descendre, *madame*, hasarde Carl à voix basse.

— Vous aussi, *madame!* qu'avez-vous donc aujourd'hui ?

Le vent siffle dans les cordages et emporte les voix, un paquet de mer balaye le *Pélican* par son travers. Les pieds sont dans l'eau, personne ne bouge ; un goëland rase le bordage et frôle *Petit mousse*.

— *Baronne*, dit Edmond, vous souvient-il :

« O mouette blanche, belle mouette, comme toi mon cœur vole dans l'aquilon. Il cherche un abri, un abri contre la tempête. Conduis-moi, ô mouette blanche. »

— Qui vous a appris cette mélodie?

— Vous tantôt, *baronne*, en dormant.

— Moi, en dormant... Ah ! vous aussi, vous m'appelez baronne, pourquoi ?

— Je ne sais...

— Vous êtes fou ?

— Peut-être bien.

Ces mots s'étaient perdus dans la tempête, personne ne les avait entendus...

Les vagues déferlent contre la proue du *Pélican*, qui les tranche de son étrave puissante ou les traverse, comme une flèche un nuage. Ciel et mer ne font plus qu'un, à peine se voit-on sur le pont tant l'obscurité est profonde.

— Edmond! crie Armand, avec moi à la barre, elle m'emporte.

La tourmente est dans son plein.

Malgré tangage et roulis, Edmond se hisse sur le banc d'Armand, la roue tourne entre leurs mains, les chaînes grincent, le roulis diminue, le *Pélican* a repris sa route.

— Par pitié, murmure une voix à l'oreille de *Petit mousse*, ne restez pas là ; une vague peut vous enlever.

La baronne a reconnu la voix de Jules.

— Que vous importe, lui répliqua-t-elle sèchement, veillez sur vous et laissez-moi.

Comme le temps qui, de serein tout à l'heure est devenu tout à coup mauvais, le cœur de ces hommes à passé subitement du calme à la tempête. C'est qu'un nuage s'est levé à l'horizon de leur pensée : c'est que *Petit mousse* est redevenu femme et femme ayant un ulcère au cœur. Le petit camarade des premiers jours vient de s'envoler dans le vent du souvenir et il est resté à sa place sur le pont du navire, une baronne, c'est-à-dire la personne jadis connue à Paris et qu'on avait essayé d'aimer. Cet amour que la raillerie avait autrefois arrêté sur le bord des lèvres, renaissait aujourd'hui plus violent au contact d'une douleur échappée d'un cœur meurtri.

Voilà ce qu'a produit ce mouvement d'oubli de soi-même de la baronne : de quatre amis elle a fait quatre ennemis, car chacun maintenant se jalouse, puisque chacun aime et que chacun se surveille.

V

Il fait nuit close, la pluie cesse, il est neuf heures et demie. Au loin, au S.-O., brillent les feux de la Hève, et au N.-E. étincelle celui de Fécamp. Avant qu'on ait atteint ce dernier point la marée sera basse, et l'on ne pourra rentrer que difficilement. Armand rallie la côte sur Étretat dont on aperçoit vaguement les lumières du Casino, on approche et bientôt on distingue des ombres se promenant devant ces lumières. Armand vire, double la falaise d'amont, s'abrite du vent derrière elle et fait mouiller dans ces eaux plus calmes les deux ancres, dont il a fait doubler les amarres.

Il est onze heures, tout le monde se couche, à l'exception de Jules qui est de quart.

7.

La baronne, la première, a gagné sa chambre et
s'est couchée, mais le coude appuyé sur l'oreiller et
la tête sur la main, elle réfléchit à cette journée, à ce
voyage commencé sous de si heureux auspices, à
cette liberté entière dont elle use sans remords pour
la première fois et qu'une défaillance va rompre à
tout jamais, car elle a compris ce qui s'est passé à
bord et elle prévoit bien que la guerre va éclater, cette
nuit peut-être, sûrement demain. Dans cette situation, que faire ? Quatre jeunes gens sont là qui l'aiment, mais si elle fait un choix, elle désespère les
trois autres et cela est impossible ? Lequel aimer
d'ailleurs? Aussi bien l'un que l'autre, car tous depuis qu'elle vit en bon camarade avec eux sont des
gens de cœur et des gentilshommes, ils ont toutes les
qualités et tous les charmes. Elle n'ose donc choisir
et pourtant un nom erre sur ses lèvres, nom préféré,
qu'elle ne veut pas prononcer. C'est le chef, c'est
Armand qu'elle aime, c'est en pensant à lui qu'elle
s'est oublié à chanter tantôt, c'est son amour qu'elle
veut, car les brises de mer ont réveillé ses sens endormis, ces horizons immenses ont surexcité son
imagination, la voix de la grande nature s'est fait
entendre et à fait battre plus violemment son cœur.
C'est qu'au milieu de la tempête, Armand, calme et
impassible, avait encore grandi à ses yeux, que
l'homme avait disparu pour faire place au *Deus ex*

machinâ, au nautonnier dont la main sûre conduit au port, que ses yeux, perçant l'horizon, comme des lances de feu, avaient pénétré le cœur de la baronne et qu'elle, toute à son extase, à son amour, avait admiré Armand. C'était donc lui qu'elle aimait, lui seul, non les autres, mais fallait-il lui faire cet aveu, se donner à lui ? « Au milieu de cet océan furieux, sous ce ciel encore chargé d'électricité, dans le mugissement saccadé de la vague, au bruit des chaînes grinçant dans leurs écubiers, à travers ces cordages suant le goudron, quelle volupté ce serait... se disait-elle, et pourtant? »

VI

Il est cinq heures du matin, le soleil sort des nuages qui l'entourent, et jette un rayon d'or rougi au feu à la crête des vagues. Le ciel est pur au zénith, et la *brise est légère*. Le capitaine Armand vient de prendre son quart, le dernier de la nuit. Il se promène à grands pas sur le pont en mâchonnant une cigarette. Le mousse fait la toilette du pont en sifflant.

Au bout d'une demi-heure, le capitaine, fatigué

de sa promenade sans doute, s'asseoit sur un pliant, et accoudé au bastingage pense, les yeux perdus dans le ciel.

La baronne, qui a revêtu ses vêtements de femme, monte sur le pont et s'approche d'Armand sans bruit :

— Capitaine, dit-elle, en lui touchant l'épaule.

— Vous ?

— Moi-même.

— ... Ce costume ?

— Où sommes-nous, capitaine ?

— Derrière la falaise d'amont d'Étretat.

— Et là-bas ?

— Vaucottes, un petit trou sans maisons.

— Et plus loin ?

— Yport, une petite plage.

— Peut-on s'y loger ?

— Oui, mais pourquoi cette question ?

— C'est que je désire, capitaine, que vous me descendiez là.

— Vous mettre à terre ?

— Oui, la tempête d'hier soir m'a beaucoup fatiguée, je préfère m'arrêter en route et me reposer.

— Cette raison n'est pas sérieuse, baronne ?

— Peut-être, mais mon idée est bien arrêtée.

— Encore me direz-vous ?

— Non...

— Si je vous en suppliais, cependant ?

— Je ne puis...

— Alors si je refusais de relâcher à Yport.

— Vous ne refuserez pas, Armand.

— En vérité, je ne vous comprends pas. Pourquoi cet air embarassé ? pourquoi ces yeux gonflés de larmes ?

— Que vous importe, je veux descendre voilà tout.

— Encore une fois, me direz-vous... c'est sans doute...

— C'est que je vous aime, Armand... silence ! assez !

— Comment !... Alors ?...

— Alors, je me sauve...

Et la baronne disparut.

Armand surpris et atterré à la fois, réfléchit un moment, puis il tire le coup de canon du réveil.

VII

— Tout le monde sur le pont ! crie-t-il.

Le capitaine a compris le sentiment de la baronne et il consent à la débarquer.

— Mes amis, la brise souffle du large, hissez
toute la toile pour arriver à Yport à marée haute.
Nous relâchons. La baronne débarque.

— La baronne débarque! s'écrièrent trois voix.

— Elle vient de me le signifier et nous devons lui
obéir.

— Mais...

— Hélas! il n'y a pas de mais. Attention : au
cabestan, hâle sur l'ancre !

L'ancre dérapa, le vent s'éleva, les voiles se gon-
flèrent, le cutter gémit, donna à la bande de tribord,
oscilla un instant, puis fila rapidement grand-largue.

. . . .

Voilà le drame qui forçait le *Pélican* à venir s'é-
chouer à Yport.

Les cinq passagers déjeunèrent avant de se quitter,
et à la marée suivante, le cutter reprenait la mer. La
baronne en quittant Armand lui murmura tout
bas :

— Armand, l'esprit a vaincu la chair; mais l'esprit et la chair souffrent, adieu !

. . . .

La petite baronne, seule debout sur là jetée, et les
yeux mouillés de larmes, pendant deux longues heures, suivit du regard le petit navire qui fuyait vers
le nord.

Quand elle ne vit plus rien, que le point imper-

ceptible se fut abîmé dans l'horizon, elle gagna pré-
cipitamment le village, s'enquit d'une voiture et se
fit condüire de suite à Fécamp.

Le même soir, à minùit, elle rentrait dans son
appartement de Paris. Elle se déshabillait lentement
devant sa psyché et se glissait plus lentement encore
entre les molles couvertures.

— Je ne pensais pas qu'il fût si difficile de rester
honnête femme, murmura-t-elle en s'endormant...
mais c'est égal, c'est bien bon !

.   .   :   .   .   .   .

Et la baronne dormit d'un sommeil calme.

NOSTALGIE.

L a maison, carrée, est encore aujourd'hui petite, toute blanche avec des volets verts. Ses murs sont garnis de treillages où la vigne, la clématite et la glycine mêlent leurs longues branches. Sur son pignon de plâtre, deux œils de bœuf et une seule fenêtre simulent les yeux et la bouche d'un immense visage pâle; une cloche laisse pendre sa chaîne le long de l'arête du mur, et du lierre en marbre la façade. Sur le devant quatre marches en pierre, mènent au jardin. Le mur, qui fait face, est percé, d'une petite porte à barreaux verts qui, lorsqu'elle s'ouvre, met en branle une clochette à laquelle répondent les aboiements d'un chien; et de plusieurs baies aussi garnies de barreaux de même couleur, où des jasmins de Virginie, des clématites et des aristoloches s'accrochent capricieusement. Devant ce mur : la route ou mieux le chemin de halage, puis la rivière qui roule paisiblement ses eaux vertes, bleues ou jaunes selon les saisons; enfin un rideau de peupliers, et au loin des plaines verdoyantes et des collines ombreuses qui bornent la vue. Un peu à droite les arcades gracieuses d'un pont traversant l'eau, à gauche un village coquet, puis un second plus loin; tous deux sur le bord de la rivière, et en face enfin, un pavillon perdu dans les arbres.

Cette propriété est bordée derrière par une ligne de chemin de fer, et son jardin, ainsi enclos, a une étendue suffisante pour que toutes les variétés de fleurs y abondent, que les arbres fruitiers y soient à l'aise, et que les regards s'y reposent.

Tout cela peut-être est bien bourgeois, bien prosaïque, bien terre à terre, et mille autres habitations sont certainement plus pittoresques, plus agréables, plus ombreuses, plus charmantes, mais c'est que dans celle-ci, un parisien, — un idiot, diront les uns, un homme de cœur, diront les autres, — un parisien dis-je, aima sa mère. C'est qu'entre ces quatre murs existe, pour mon parisien, une vie toute entière; c'est que là, il est presque né; c'est que là, il a grandi; c'est que là, il a éprouvé le plus saint amour de la création; c'est que là, en un mot, il a connu et vénéré celle qui lui a donné le jour.

Jadis, dans ces heures de l'enfance, la maison était gaie, riante, et ses habitants avaient cette sérénité d'âme qui convient aux cœurs d'élite. Dans ce temps-là, au milieu des vicissitudes de la vie, deux enfants ont grandi en jouant et se roulant sur les vertes pelouses de gazon. En ce temps-là, durant la belle saison, des parents et des vrais amis venaient le dimanche se reposer à la maison aux barreaux verts, et toujours la fée qui présidait à ces fêtes avait un baiser pour les parents, un sourire et une cordiale poignée de main pour les amis. A déjeuner on mangeait l'énorme friture de goujons, pêchée le matin, et servie en montagne dorée, d'où une bonne odeur s'exhalait par la salle. L'appétit s'aiguisait à la pierre de touche de la franche cordialité et le vin blanc coulait. Alors les langues se déliaient toutes, toutes, et l'esprit, un esprit de bon aloi, l'esprit gaulois se répandait à flots comme le vin. Mon Parisien, bien jeune encore pourtant, à cette époque, se les rappelle toujours ces journées heureuses, aujourd'hui évanouies! N'est-il pas naturel que le souvenir des joies maternelles s'incruste dans la mémoire d'un enfant! et que cet enfant devenu homme les aille chercher au plus profond de son cœur.

Hélas! un deuil immense s'est abattu sur cette maison, et tout ce bonheur que mon Parisien croyait si durable, s'est effondré en une heure.

Un jour, un vieux serviteur tout triste vint lui dire : ta mère est bien malade; et l'enfant comprit :

« Ma petite mère est morte, » puis, dans la voiture qui l'emmenait vers Paris, il embrassa son petit frère, qui ne savait pourquoi et cacha sa tête dans ses petites mains.

Sur le moment comprit-il bien lui-même le malheur qui le frappait? Non, pas précisément. Il sentit un grand vide se faire en lui et ce fut tout. Il revit par la pensée celle qui n'était plus, telle qu'elle était la dernière fois qu'il la vit, et il pleura abondamment.

Quelques jours après, les deux frères étaient rentrés à leur pension. Un matin qu'ils venaient d'entendre une messe basse, le vicaire s'adressant aux élèves leur dit après l'office : « Mes enfants, avant de nous séparer, nous allons dire un *De Profundis* pour le repos de l'âme de la mère de vos deux petits amis, » et les deux frères, à côté l'un de l'autre, pleurèrent encore pendant que leurs camarades récitaient lentement la triste prière.

Depuis, les deux enfants ont grandi, et ils ont senti le vide qui s'est fait autour d'eux, et s'ils ne pleurent plus devant tout le monde, ils pleurent encore chez eux en se souvenant de la chère morte.

Aujourd'hui ces enfants sont devenus des hommes et ils ont vu tout changer avec le temps. Une autre femme a pris au foyer paternel la place de celle qui n'était plus et que malgré toute sa bonté elle ne pou-

vait remplacer. Celle-ci est morte aussi et depuis !...
hélas ! depuis !...

Petite maison aux volets verts qu'es-tu devenue ?
La joie, le bonheur tranquille de la famille, la véritable gaieté, t'ont abandonnée, et malgré tes habitants actuels tu es vide. Les ombres chéries d'autrefois ne te hantent plus, et les souvenirs que tu éveilles
encore dans le cœur des enfants se sont effacés dans
l'esprit de ceux qui t'habitent. Ceux-ci ont oublié et
essayent de rire, tandis que ceux-là qui se sont toujours souvenus souffrent et pleurent.

Les parents se sont envolés, les vrais amis, les sincères ! ont fui, et pour s'étourdir et oublier ce temps
heureux, ceux qui restent surexcitent leurs sens,
énervent leur cerveau et troublent ton sanctuaire,
par des rires qu'ils veulent faire paraître francs,
par une philosophie sceptique, par des propos légers.

Ah ! riez, chantez, mangez, buvez, tant qu'il vous
plaira, habitants du moment, essayez d'étouffer par
vos lazzis et vos voix élevées les plaintes de ceux qui
souffrent ; essayez, vous n'y parviendrez pas, la voix
du cœur s'élèvera contre les vôtres... et l'opinion pu-
blique sera pour la voix du cœur.

Mais, c'est aller trop loin, car sans nul doute vous
souffrez aussi ; et c'est pour cacher vos propres douleurs que vous essayez de rire. Vaine impuissance !

vos pleurs étoufferont bientôt vos rires, et alors, alors
seulement la petite maison aux barreaux verts pourra
redevenir gaie.

Un coup de balai partout, et la petite maison ou-
vrira ses fenêtres à l'air pur, aux brises du soir, au
parfum embaumé des fleurs, au calme, à la tranquillité, aux saines ivresses; et du moins, si l'ombre vé-
nérée ne peut y revenir, l'honnêteté et l'amour de la
famille, qui étaient ses guides, y reviendront à sa place
et lui feront encore d'heureux jours.

Ah! doux espoir, qui soutient encore mon Parisien, doux espoir quand te réaliseras-tu? Quand les
deux frères pourront-ils, ô petite maison bénie, vivre
dans tes chères murailles, et voir dans leurs enfants
le tableau si touchant de leur propre enfance? Quand
les parents et les amis sincères reviendront-ils sous
tes ombrages, ô jardin bien-aimé, et quand se délas-
seront-ils de leurs fatigues de la semaine, mollement
couchés le dimanche sur tes verts gazons!

O que ce soit bientôt! que ces beaux jours reviennent vite, car nos deux frères ont la nostalgie de tes
endroits charmants, et cette nostalgie, pareille à la
nostalgie de la patrie absente, les mine et les tue.
Que les beaux jours prochains les ramènent avec les
légères hirondelles, habiter ton toit hospitalier, car
c'est la vie, le bonheur, la sérénité que tu leur ren-
dras.

..... C'est que : la maison, carrée, est encore aujourd'hui, petite, toute blanche avec des volets verts,
que, garnie de treillages, la vigne, la clématite et la
glycine entremêlent leurs longues branches aux murs
du jardin, que, là enfin, ils ont aimé leur mère !

LE CARNET D'UN CELIBATAIRE

lors, tu es bien décidé?

— Si je suis décidé? mais mon cher ami, sache bien qu'on viendrait m'offrir aujourd'hui une beauté, ce que l'on est convenu d'appeler une véritable beauté avec un million, — un million tu m'entends, — même un million dans chaque main ce qui serait fort tentant. Eh bien, foi de Gaston, je la refuserais, elle et ses deux millions.

— Tu avoueras pourtant, que cette jeune fille que tu n'aurais jamais vue, pourrait avoir outre ses millions, toutes les qualités requises pour faire une excellente épouse?

— Cela pourrait être, je te l'accorde, mais il y aurait quatre-vingt-dix chances sur cent pour que cela ne fût pas.

— Ce qui veut dire, que d'après toi, il n'y a sur cent jeunes filles que dix qui soient mariables.

8

— Non ; épousables, ce qui n'est pas la même chose, car toutes sont mariables à la condition qu'elles trouveront parmi tous les hommes de la création, le seul être qui ait été créé et mis au monde pour être seul leur mari. Mais comme on est loin de rechercher ce qui peut répondre aux aspirations, aux instincts, si je puis m'exprimer ainsi, de la jeune fille, que l'on cherche avant tout à assembler deux positions et non deux être humains, il en résulte qu'il y a quatre-vingt dix-ménages sur cent qui sont malheureux, ce qui, d'ailleurs, est fort juste. Cet assemblage bizarre est tellement passé dans nos mœurs, que par le temps qui court, on regarde comme des phénomènes les gens qui sont heureux en ménage.

Ah ! décidément, Balzac a bien raison, le mariage, tel qu'il se pratique aujourd'hui, n'est autre qu'une prostitution légale.

— Soit. J'admets en partie ton raisonnement, je t'accorde que les parents sont ou stupides ou égoïstes, que le mariage de nos jours est souvent une sottise faite à deux puis une galère à trois... que...

— Les jeunes filles sont fort mal élevées ?

— ..... Oui ; qu'elles sont même *faussées*.

— *Faussées*, tu as dit le mot. Car, je ne puis croire, que n'importe quelle jeune fille, la première venue même, ne soit pas une bonne épouse et une bonne mère, si ses parents l'élèvent raisonnablement et la marient conformément à sa nature.

— Mais ils l'élèvent mal !

— C'est pourquoi je veux rester célibataire.

— Cependant, instruit et riche comme tu l'es mon bon Gaston, comment se fait-il que tu n'aies pas cherché à être dans les dix...

— Dans les dix ? tout justement parce que je suis instruit et riche. Sans cela, j'aurais été aussi bon mari qu'un autre, et peut-être aurais-je été plus heureux qu'un autre, mais mon instruction et ma richesse surtout m'ont rendu méfiant, et, au lieu de me jeter à corps perdu dans une amourette, qui aurait pu me conduire au mariage, j'ai réfléchi, j'ai étudié mes sujets, et...

— Et ?

— Et j'ai bien fait, mon bon. Toutes les jeunes filles que j'aurais voulu épouser n'étaient pas épousables.

— Tu as donc cherché sérieusement ?

— Si j'ai cherché ? Trois ans, mon cher, trois ans consécutifs.

— Tu n'en disais rien.

— Dame ! tu sais : j'étudiais.

— Tu ne me feras pas croire que toutes les jeunes filles...

— Je n'ai pas la prétention de te faire croire quoique ce soit. Je ne puis te dire que ceci, j'ai remarqué dans diverses sociétés où j'allais il y a cinq ans, six jeunes filles toutes. plus charmantes, plus fines, plus spirituelles, plus chastes, plus réservées, plus belles même, et plus, mères de familles... en apparence les unes que les autres et dont j'aurais voulu faire ma femme...

— Et sur les six?

— Je n'en ai épousé aucune, tu le vois, et toutes sont mariées aujourd'hui;... quand je dis toutes, je me trompe : celles qui pouvaient au point de vue du monde se marier.

— Que sont-elles devenues?

— Tu devrais le savoir, car tu les connais. Attends un moment que je cherche mon carnet dans ce tiroir de mon bureau et, je vais te les présenter, elles et leurs maris, elles et leurs positions ; tu vas être convaincu.

— Tu m'épouvantes, sais-tu bien?

— Pourquoi? puisque tu es des dix, toi?... Tiens, je ne le trouve pas... Tu es heureux !... Ah ! le voilà... la clef maintenant.

— Comment, ce petit volume se ferme à clef?

— Je crois bien! c'est presque le cabinet des sept femmes de Barbebleue.

— Diable ! diable.

— Il renferme des secrets.

— Qui te les a confiés?

— Personne. Je les ai surpris.

— Alors tout le monde peut les connaître comme toi?

— Sans contredit. D'ailleurs ce n'est pas difficile, mon moyen est à la portée de tous. J'ai étudié les jeunes filles devenues femmes, j'ai causé avec elles et 'ai appris tout ce que je vais te dire, ou à peu près. Le reste m'a été appris par des personnes dignes de foi. Si tu veux, nous les prendrons dans l'ordre chronologique. Tiens, voici la première, Mlle Hermine.

— La blanche Hermine?

— Elle-même. N'est-ce pas qu'elle était belle, qu'on eût dit un ange, qu'elle paraissait avoir toutes les grâces, toutes les qualités, etc.

— Certainement, et noble par dessus tout.

— Eh! bien. Ecoute ce qu'étaient les nobles descendants des croisades, ses parents, et ce qu'elle est devenue elle-même :

« Noblesse pure, mais ruinée. Du castel, dont ils portent le nom, il ne reste qu'une tourelle qui est, comme leur noblesse, en ruines. Ils vivent des revenus d'une ferme, c'est-à-dire avec 15,000 francs que l'on ne leur paye pas régulièrement. Habitent un rez-de-chaussée avec jardin, dans le faubourg Saint-Germain. On se lève à dix heures ; de cette façon, pas de déjeuner du matin ; à midi, déjeuner à l'anglaise,

8.

thé, chocolat, pain beurré. Le tantôt, promenade à pied, sous prétexte d'hygiène, la voiture étant une mauvaise habitude à prendre ; le soir, enfin, dîner plantureux..... en ville, chez le comte, le marquis, et ainsi tous les jours. »

C'est à la mère qu'est arrivée l'aventure suivante :

Un jour, qu'ils étaient invités à dîner chez le duc de X***, ils avaient attendu toute la journée leur fermier qui n'était pas venu. Or, il ne restait pas un rouge liard à la maison. Une seule pièce de 2 francs formait la fortune du père, de la mère et de la fille. Que faire ? Prendre une voiture, c'était bien pour aller, mais pour revenir le soir ? D'un autre côté, ne pas aller au dîner, était une impolitesse qu'ils ne pouvaient faire. Le père, furieux, et Hermine, qui n'avait pas de gants, déclarèrent qu'ils resteraient à la maison. La mère seule partit en fiacre. Elle dîna et mangea même beaucoup, tout en faisant excuser son mari et sa fille qui étaient soi-disant indisposés. La soirée se passa bien, mais quand vint l'heure du départ, un véritable déluge fondait sur Paris, il pleuvait à torrents et la pauvre mère n'avait même pas les six sous obligatoires d'un omnibus. D'ailleurs il aurait fallut aller le rejoindre cet omnibus, c'était cinq minutes de marche dans la crotte, c'est-à-dire la perte d'une toilette, qui, quoique maintes fois transformée, était encore très présentable. Dans cette occurrence, comment rentrer chez soi? La pauvre femme se creuse la cervelle, puis tout-à-coup porte son mouchoir à ses lèvres, étend les bras et se trouve mal. On se presse autour d'elle, on lui fait respirer des sels, mais rien ne fait. Le duc est désolé et envoie chercher une voiture. Voyant le malaise continuer, de son côté un invité s'offre de reconduire la malade, qui accepte avec mille excuses. La voiture roule et s'arrête, le monsieur descend, sonne à la porte, la malade se soutient à peine, enfin elle entre, remercie chaleureusement son cavalier, ferme la porte, et alors, tout à fait remise, entre allègrement chez elle pendant que son cavalier complaisant et tout ému paye la voiture et rentre à pied.

— Ah! ah! charmant le moyen de se faire reconduire chez soi sans débourser un sou.

— Je reviens à la jeune fille : Elle n'avait pour toute dot qu'un magnifique trousseau, qui venait de famille, dentelles et pierreries conservées comme des souvenirs sacrés, le tout représentant à peu près 50,000 francs, mais pas un maravedis avec. Le père et la mère cherchèrent un richard, ils en trouvèrent un de quarante ans, ancien boucher, puis fondeur de suifs, enfin riche à cent mille francs de rente. Il voulut bien épouser, mais à la condition qu'il ajouterait le nom de sa femme au sien; c'est aujourd'hui

M. Louis Durand d'Esternet. Il a hôtel, chevaux et voitures ; il loge ses beaux-parents au second étage, tandis qu'il habite le premier avec sa femme, la blanche Hermine.

— Mais elle ?

— J'y arrive : Elle qui a été mariée et non qui s'est mariée, la chère enfant, n'a trouvé dans son mari qu'un boucher avec qui elle n'a pu s'entendre longtemps. Il y avait dissidence d'éducation et de sentiments entre eux. La chère petite femme pleura deux ans, et la troisième année elle se consola...

— C'était inévitable.

— ... Avec le vicomte de Régnal.

— Aïe, aïe !

— Dame elle se désolait et le vicomte l'a consolée.

— En voici donc une que je n'aurais pu épouser, d'abord, parce qu'il fallait épouser sa famille et qu'ensuite je n'avais pas deux millions. Voici maintenant la seconde que j'avais remarquée : la petite Madeleine.

— Je ne la connais pas.

— Cela ne m'étonne pas. Je l'ai rencontrée entourée d'un monde qui n'est pas tout à fait le nôtre, car sa mère ne recevait que des gens de bourse. Présenté par l'un d'eux, je fus parfaitement reçu, choyé même, et la jeune fille, qui était certainement la plus charmante jeune fille que j'aie jamais rencontrée, me plut. Je me mis à l'étude, on me dit partout, que la mère, veuve d'un monsieur Tallandier, avait, lors de son veuvage, pris le nom d'une terre de son mari, que la jeune fille avait 50,000 francs qui lui venaient de son père, et qu'enfin c'était une famille charmante, tel était le bruit général; mais en particulier on ajouta, avec preuves à l'appui, que la mère était une ancienne danseuse, qu'elle n'avait jamais été mariée, et qu'elle devait sa position à des libéralités nombreuses. Comme tu penses je n'épousai pas la charmante Madeleine, non parce que les enfants sont responsables des fautes des parents, je suis au-dessus de ça, mais parce que, dans ma situation, cela était impossible. La pauvre enfant s'est mariée à un soi-disant philosophe à tous crins, qui a mangé sa dot et qui aujourd'hui la bat en lui reprochant sa naissance... Pauvre Madeleine !

— Cette jeune fille méritait mieux pourtant.

— Certes, mais on trouve rarement des gens honnêtes qui épousent des jeunes filles dans la fausse position de celle-là. Si je l'avais épousée, je l'eusse arrachée de son monde pour aller vivre en dehors de Paris, et cela ne m'était pas possible, tu le sais.

— Et de deux. La troisième ?

— Ah ! la troisième, mon bon, m'aurait ruiné. Ecoute : Fille d'un négociant qui gagnait 60,000 francs par an dans le commerce des tissus et qui les mangeait régulièrement, elle était habituée au luxe que donne une telle fortune : bals, théâtres, soirées, réceptions, tout lui était connu ; elle partageait les chevaux et voitures de papa et de maman, et avait l'idée d'épouser pour le moins un petit baron. Comme elle était fort jolie, le père ne donnait que 20,000 francs de dot et encore, il trouvait que c'était beaucoup. Par contre, il voulait, malgré sa fille, un gendre qui fût médecin ou avocat. Un médecin se trouva, il était jeune, avait une petite clientèle qui, jointe à sa fortune particulière, rapportait, bon an mal an, de 10 à 12,000 francs. Certes on peut vivre avec ça, mais c'était loin des 60,000 francs de papa et de maman, la jeune fille habituée au luxe se trouva malheureuse, ne comprit pas qu'on pût prendre un fiacre, et entraîna par ses exigences son mari dans des dépenses folles. Ajoute à cela que le mari était amoureux de sa femme, et tu comprendras comment il se fait qu'un honnête homme, intelligent et laborieux, soit devenu, à côté d'une telle femme, un paresseux et un dépensier. Le capital des fortunes particulières passa dans le gouffre après les revenus.

— Et aujourd'hui ?

— Les deux époux, ruinés, se sont séparés amiablement ; le mari a quitté Paris et exerce dans une petite ville de province.

— Mais sa femme ?

— Oh ! elle, elle est plus belle que jamais. Elle vit luxueusement à Paris.

— Comment ?

— Hum ! ne cherchons pas. Disons ce que l'on dit : à savoir, qu'elle vit d'une pension que lui fait son père. Après Marie, — celle-ci s'appelait Marie, — vient Renée.

— Un beau nom de femme.

— Et une belle femme, mon cher. C'était la fille également d'un gros négociant, mais celui-ci était retiré des affaires, et n'avait qu'une ambition : avoir un gendre qui fût noble, serait-il même ruiné. La fille était très-belle, avait une instruction et une éducation achevées, et... et... douze cent mille francs de dot. A ce prix on trouve toujours un noble, surtout ruiné. J'avais fait des ouvertures au papa, qui m'avait poliment éconduit sous prétexte de roture, et quelques jours après se présentait le noble. Quel noble mon cher, j'en ris encore. Petit, maigre, chétif, usé, plus de cheveux, une houppelande de cocher sur son cadavre, un vrai *fondant*, comme dirait A. Scholl, mais un des plus beaux noms de France. Il épousa. Il restaura un vieux fief paternel et redora son blason avec un peu de la dot, puis il installa sa femme dans ses terres. Après, il revint à Paris, où il est encore, et où il mange tranquillement les revenus de sa femme qui se morfond dans son vieux castel.

Il est vrai que son beau-père est le plus heureux des hommes de pouvoir dire à tous ses amis : « Mon gendre le duc de X... » Ainsi donc si les parents avaient été raisonnables, j'épousais Renée, mais je n'étais pas noble, moi, quoique riche !

— Et les deux dernières ?

— Ah ! mon ami, je dois leur rendre cette justice, c'est qu'elles ne m'ont pas laissé le temps de les épouser ; l'une, Hélène, était la fille du général Sabrer. Elevée à Saint-Denis, elle avait une éducation complète, mais elle avait des goûts que le pauvre général ne pouvait satisfaire. Peut-être, me disais-je, que cette jeune fille serait une excellente femme le jour où elle aurait son bien-être assuré. En tous cas, en ce moment, elle est trop jeune, elle n'a que dix-huit ans, attendons un ou deux ans et elle changera, ses idées seront plus sérieuses, elle envisagera la vie sous un autre point de vue et peut-être entrera-t-elle dans la bonne voie.

— Les deux ans sont expirés ?

— Depuis trois ans.

— Et la jeune fille Hélène, est-elle dans la bonne voie ?

— Elle a déraillé, mon cher ! D'après mon carnet arrêté en décembre dernier, elle avait pour amant... tiens, je ne trouve pas... c'est drôle... pardon, voilà : *Le premier venu.*

— Si bas que cela.

— Je l'ai rencontrée il y a deux mois aux *Folies-Bergères*.

— Oh !

— Voilà un échantillon de l'éducation de Saint-Denis. Il y a des exceptions cependant, j'en connais, mais ces exceptions-là sont ou laides ou difformes.

— Tu es méchant.

— Hélas ! même pas. Je suis tout... bêtement un observateur.

La dernière jeune fille sur qui j'aie jeté mes vues a un nom que tous les journaux ont reproduit, il y a six mois. C'est la blonde Suzanne Rigault.

— La fille du boursier.

— Elle-même. Son père était richissime, c'est vrai, mais il avait un vice : le jeu. Il joua à la Bourse, gagna, perdit, regagna, reperdit, jusqu'au jour où il eut la mauvaise chance de perdre tout. Ruiné, il tenta un dernier coup, un coup d'escroc, il gagna alors et partit, laissant sa fille seule à Paris, puisque sa femme était morte.

— Et Suzanne ?

— Suzanne est entrée au couvent sans en rien dire à personne. La honte, qu'elle ressentit de l'action de son père, la fit se jeter dans la religion ou elle s'est ensevelie pour jamais.

Voilà, mon bon ami, comment il se fait que je

sois resté garçon. Les raisons sont majeures.

— Plus que majeures, mais tu avoueras bien à ton tour, que ce n'est pas la faute des jeunes filles...

— Certes, je l'avouerai, et Dieu me garde de les accuser, les pauvres créatures. Elle ne sont nullement responsables, comme je te le disais tout à l'heure, des sottes convoitises de leurs parents, et si elles sont heureuses en ménage, elles ne doivent en remercier que le hasard seul, car leurs parents, en général, font tout ce qu'ils peuvent pour qu'elles soient malheureuses, les sacrifiant presque toujours à leur égoïsme, à leur personnalité, à leur bonheur propre. Et, malgré les terribles exemples qui les entourent, ils ne changent pas, ils ont, au contraire, l'outrecuidance de penser qu'eux seuls ont raison, et qu'ils sauront trouver le merle blanc que tous leurs amis ont vainement cherché. Triples sots ! allez.

— Le moyen alors de faire autrement.

— Le moyen est basé sur ce principe : ne pas vouloir parler plus haut qu'on a la bouche.

— Je comprends.

— Et chercher d'abord l'union des sentiments, avant de chercher l'union de deux fortunes. Si l'on peut rassembler les deux choses cela vaut évidemment mieux, mais avant tout, il faut élever ses enfants en vue de la position qu'ils pourront avoir un jour et non selon la position que l'on a soi-même. Sinon, on fait des malheureux ou des dissipateurs. *Dixi!*

— Moraliste, va! Je ne t'en veux pas d'ailleurs, et la preuve, c'est que je ne te parlerai plus mariage. Reste célibataire, puisque tu n'as que dix bonnes chances sur cent pour être heureux, du moins ainsi, il te restera quatre-vingt-dix chances pour n'être pas malheureux... Merci de tes observations et au revoir.

— Au revoir... Cependant, le mariage a du bon, mais tomberais-je jamais sur le bon lot à cette loterie?...

LES PÊCHEURS A LA LIGNE

'ON dit, passez-moi le mot : *blagueur comme un chasseur*, et l'on dit au contraire : *patient comme un pêcheur*. Je crois qu'on se trompe, et que la première épithète pourrait aussi bien convenir au pêcheur qu'au chasseur, car, ayant eu le plaisir d'habiter longtemps le bord d'une rivière, j'ai souvent pris en flagrant délit de mensonge, les pêcheurs, voir même le simple pêcheur à la ligne qui, grave erreur, est considéré comme l'homme le plus inoffensif de la société, et le plus débonnaire surtout.

La pêche et la chasse sont sœurs jumelles et remontent à la création du monde, elles devraient donc se ressentir de cette antique origine et avoir conservé les mœurs austères et placides de ces premiers âges. Il n'en est rien, toutes deux sont devenues plus acharnées et plus meurtrières. A la flèche a succédé la poudre, et à l'hameçon, qui a toujours existé, mais à l'état primitif à Rome, a succédé l'hameçon en acier anglais à Paris. Il n'y a que les variétés de pêcheurs qui ont changé. Ce sont ces variétés qu'il est curieux de voir à l'œuvre, surtout dans les excès que ce plaisir, ou mieux cette passion, les pousse à commettre.

Disons tout d'abord qu'il y a fort peu de bons pêcheurs, que la majeure partie croit savoir pêcher, tandis qu'elle n'y entend rien. Néanmoins je ne ferai pas la théorie de la pêche à la ligne, et je renvoie ceux qui veulent apprendre cet *art* aux manuels spéciaux. Je me contenterai d'esquisser quelques types de pêcheurs à la ligne qui m'ont paru curieux.

Le père Ritor est, pour le peindre en deux mots, le portrait frappant du père Morisson des *Bons Villageois* de Sardou. Ancien négociant, il ne s'est retiré des affaires que pour vivre à la campagne, surtout pour ne plus mettre de gilet et rester en manches de chemises tout le jour, et encore la nuit si ça lui plaît. Le meilleur homme du monde au fond, mais le plus grincheux pêcheur, quand il tient son scion à la main. Que voulez-vous ? il aime les émotions, et quand il sent au bout de sa ligne un brochet ou une carpe, il est tellement heureux, tellement ému, que la sueur lui perle au front, qu'il tremble, qu'il tressaille tant et tant, que souvent le poisson d'un vigoureux coup de queue casse l'hameçon et se sauve.

Alors, si vous l'entendiez, quand il voit sa ligne revenir à la surface? Ce n'est plus un homme, c'est un sac à jurons. Il va d'un bout à l'autre de son bateau en égrenant le chapelet des jurements sacrés et païens sans pouvoir s'arrêter. Enfin, exténué et rageant, il s'assied et répare son avarie tout en marmottant entre ses dents :

« — Une si belle bête ! Ah ! ah !... Il pesait... oh oui... au moins... au moins... trois livres !... Trois livres ?... peut-être bien quatre ?... Certainement, quatre... Diable de maladroit... une si belle bête... C'est Henri qui aurait été furieux si je l'avais pris ! cinq livres !... Tiens, le voilà là-bas Henri, je vais aller le narguer. »

Voilà comme le pêcheur à la ligne est bon.

Sur ce, le père Ritor plie bagage, se met aux avirons, et sournoisement arrive tout près de son collègue Henri, dont les yeux ne quittent pas le bouchon, lequel semble annoncer une capture prochaine.

— Henri est absorbé, ça mord, se dit le père Ritor, attends, mon bon, ça ne va pas mordre longtemps.

Et enchanté de faire une bonne plaisanterie à son ami, le père Ritor laisse lourdement tomber à l'eau le poids en fonte qui doit rendre stationnaire son bateau.

— Satané maladroit, s'écrie Henri, que l'eau a éclaboussé, — ça mordait...

— Bah ! il fallait me le dire, répond d'un air pate-
lin le père Ritor enchanté. Je ne savais pas.

— On fait attention, au moins.

— On fait attention, on fait attention, c'est facile à
dire, mais quand on est furieux comme moi.

— Tu es donc furieux ?

— Si je suis furieux. Tiens, mon cher, juges.
Attends que je bourre une pipe... J'étais au bout de
l'île, là-bas.

— Oui, je t'ai vu tout à l'heure.

— Un coup magnifique, mon cher, que j'avais
amorcé hier soir avec des boulettes, oh... des boulettes dont j'ai seul la recette. Je m'y installe donc sans
faire de bruit, et je prépare ma ligne.

— A quoi pêchais-tu ?

— Au vif... avec des goujons que j'avais achetés à
Desroziers. Je jette ma ligne... une fois... deux fois...
ça *mordaillait* tu sais... mais pas franchement...
c'était du petit... quant au cinquième coup... v'lan,
mon bouchon disparaît avec une rapidité, oh ! une
rapidité.,. je lâche du cordonnet, je lâche toujours.
Enfin, je tire doucement, oh ! mon bon si tu avais
senti ce poids !... c'était effrayant, mon scion ployait
comme un roseau, c'était un cerceau ; tu vois ! A n'en
pas douter, c'était un brochet, je l'avais reconnu à
son coup de queue.

— Il était gros.

— S'il était gros? Il pesait bien... je n'exagère pas tu sais... entre nous on se doit la vérité... il pesait bien... dix livres... oh! oui, au moins, et encore dans l'eau il perdait de son poids, ce qui veut dire que dans un plateau de balance, il en aurait bien pesé quinze... Oh! le beau coup quand j'y pense!

Et l'on dit que les pêcheurs ne sont pas... blagueurs.

— Alors tu ne l'as pas?

— Parbleu, il était trop gros : il a tout cassé! Si on le repêche jamais on lui trouvera mon hameçon dans la mâchoire... monté sur racine anglaise encore.

— La mâchoire?

— Mais non, nigaud, l'hameçon. Ah! je te conseille de te moquer, toi, qui ne prends rien.

— Ce n'est pas étonnant, tu avais pris la bonne place.

— Laisse donc, toutes les places sont bonnes quand on sait pêcher? Tu vas me voir à l'ouvrage.

... Il se fait un moment de silence, le père Ritor et son collègue Henri suivent réciproquement les évolutions de leur bouchon.

Henri prend coup sur coup cinq beaux gardons.

— Dis donc, Ritor, eh bien, j'en prends, moi!

— Attends un peu, je vais m'y mettre.

Mais le père Ritor a beau renouveler ses amorces, le poisson ne mord pas. Il entasse asticots sur vers

9.

rouges, vers rouges sur blé, blé sur sang, rien ne fait.
Il rage, mais ne souffle pas mot. Enfin il se lève,
fait du bruit au grand désespoir de Henri, qui le
prie de se taire, rebourre une pipe et rejette sa ligne à
l'eau en maugréant.

Pendant qu'il essaye de faire prendre, sur son pantalon, un peu mouillé avouons-le, des allumettes de
la régie, une idée machiavélique traverse le cerveau
de Henri. Sans bouger, il attire à lui le cordonnet du
père Ritor, et attache à l'hameçon, bien solidement,
un magnifique barbillon de cinq livres, mort la nuit
dans sa boutique et déjà en décomposition vu la chaleur, puis il laisse doucement glisser à l'eau le cordonnet chargé de sa proie.

Le père Ritor a fini par faire prendre sa vingt-si-
xième allumette, sa pipe est allumée, il reprend son
sion en main.

— Ah! diable, dit-il tout haut, il me semble cette
fois que ça a mordu.

— C'est pardieu vrai, répond tranquillement
Henri.

— Et tu ne me disais rien, animal ?

— Je m'occupais de moi. Fais bien attention au
moins.

— Sois tranquille... Ah! çà, c'est une carpe, elle
ne bouge guère au bout de la ligne... tirons... diable,
elle est belle...

— Doucement, surtout.

— Oui... Dis donc... passe-moi ton épuisette, la mienne est trop courte de manche.

— La voilà.

— Merci... Tiens, elle s'est fourrée dans les herbes... Non, la voilà... elle est lourde, elle pèse au moins quatre kilog...

— C'est beaucoup.

— Tu vas voir... Ah! la voici... Tiens, ce n'est pas une carpe... c'est un barbillon... Quelle bonne aubaine, un barbillon! seulement il est blanc, ce n'est pas de l'espèce grise... et il est fatigué!... Je vais le prendre avec l'épuisette maintenant, il est près du bateau.

— Fais bien attention, encore une fois.

— N'aie donc pas peur... une, deux, je le tiens!

D'un élan vigoureux, le père Ritor a fait sauter le poisson dans le bateau. Henri n'a pas bougé.

— Eh bien, dit-il.

Le père Ritor ne répond pas. Il a découvert la supercherie. D'abord stupéfait et ennuyé d'avoir été dupé, il ne dit rien, puis prenant vite son parti en brave, il se met à rire bruyamment et dit :

— Je suis forcé d'avouer qu'elle est bien bonne celle-là... Ah! ah! ah! mes compliments, mon cher, tu as bien réussi, j'ai été pris... encore une fois, mes compliments.

Et il ajoute à part soi, tout bas :

— Je te repincerai, mauvais plaisant.

De son côté, Henri rit de bon cœur et murmure :

— Ah! tu as voulu me faire une farce tout à l'heure, et bien tu ne te vanteras pas de celle-là. A pêcheur, pêcheur et demi, mon vieux !

A quelque temps de là, nous retrouvons nos deux pêcheurs, plus amis que jamais, embusqués sous un saule qui les abrite du soleil, et tenant toujours leur ligne à la main. La place où ils pêchent a été amorcée par Henri, et le père Ritor, qui est arrivé le second, a été obligé de placer son bateau au-dessus de celui de Henri, son collègue. Le temps est lourd, somnolent, et, à l'immobilité des bouchons, on dirait que les poissons eux-mêmes sommeillent. Le père Ritor, qui a toujours sur le cœur le barbillon mort de Henri, cherche à se venger d'une façon féroce. Si Machiavel, l'autre fois, avait inspiré Henri, ce fut Asmodée qui inspira le père Ritor ce jour-là car un sourire satanique erra bientôt sur ses bonnes grosses lèvres et se perdit dans sa barbe blanche.

Aussitôt il ouvre sa boutique sans bruit, tire un gardon, l'accroche à son propre hameçon et met sa ligne à l'eau.

Le bouchon suit le courant, arrive devant Henri, et là :

— Crac! en voilà un, dit tranquillement Ritor.

— C'est ma foi vrai, réplique Henri, qui change son amorce.

A la seconde fois, même jeu. Ritor attend que son bouchon soit bien devant Henri, et, sous le nez et la barbe de ce dernier, il répète flegmatiquement :

— En voilà encore un.

Henri, à la dixième fois, est ennuyé :

— Parbleu! j'ai amorcé le coup, dit-il.

— C'est vrai, reprend le père Ritor, aussi je t'en remercie.

— Comment se fait-il que je ne prenne rien, moi ?

— C'est que tu ne sais pas les ferrer... Tiens, crac, c'est comme ça qu'on les prend. En voilà encore un, ça fait onze.

Henri rage maintenant. Et le père Ritor continue son infernale plaisanterie, en disant à chaque poisson pris sous le nez de son pauvre ami :

— Encore un, ça fait douze... treize... quatorze.

Enfin au trentième, voyant que Henri ne se tient plus de colère, il lève la séance.

— Ah! en voilà assez. Trente, c'est une belle friture sais-tu ? Toi, combien en as-tu pris, cette après-midi.

— Aucun, tu le sais bien... animal.

— Animal! tu n'es pas poli. C'est mal, ça... ce n'est pourtant pas de ma faute... Allons, bon courage, je te laisse, au revoir.

Et le père Ritor rentra tout heureux de sa petite vengeance. Il était trois heures. A sept heures, Henri était toujours à la même place. Quand il rentra pour dîner, il était tout aussi bredouille que le tantôt, il se plaignit d'un violent mal de tête, et s'alla coucher.

Henri apprit plus tard le tour que lui avait joué le père Ritor, mais il ne lui pardonna jamais.

Les deux amis sont devenus deux ennemis qui, j'en suis certain, chercheront à se tuer l'un l'autre quelque jour. Et l'on dit que les pêcheurs à la ligne sont les meilleures gens du monde, qu'ils sont bons et qu'ils ne sont pas menteurs !

* * *

Par contre, je dois dire qu'il y en a de bien naïfs et de bien crédules. Témoin le papa Rigaud, le bonnetier de la rue Saint-Denis, qui, sous une apparence de bonhomie et de placidité parfaite, est bien le plus destructeur des pêcheurs que je connaisse et le plus simple.

Un samedi soir de juin, le papa Rigaud, après avoir fermé ses contrevents, avait dit à sa femme :

— Bobonne, attends-moi, je vais jusqu'au quai de Gesvres et je reviens. Et de son pied léger, la figure rubiconde et joyeuse, il était parti.

Arrivé sur le quai, il était entré dans une petite boutique assez sombre, où un homme ceint d'un long tablier à bavette, avec des lunettes sous le nez, lui avait tendu la main et lui avait dit :

— Vous voilà, m'sieu Rigaud, j'ai reçu votre lettre; votre commande est prête, elle est là... au frais.

— Sont-ils beaux au moins ?

— Ah! monsieur, pouvez-vous me demander cela, à moi, le premier de ma partie ?

— Je sais bien... pourtant quelquefois le temps.

— Oui, mais aujourd'hui rien à craindre. Ils sont gros, gras... et blancs, monsieur, blancs... on en mangerait !

— Pas un qui soit...

— Pas un, tous vivants, jugez ?

Le papa Rigaud, prenant le sac que lui présente l'homme au tablier, répond :

— En effet. Pourvu que j'aie beau temps demain, ajoute-t-il en payant.

— Au revoir, m'sieu, et à samedi, termine poliment l'homme aux lunettes.

Et tout guilleret, le papa Rigaud rentre chez lui, pénètre dans sa cuisine, introduit le sac mystérieux dans une boîte en fer-blanc ovale, garnie de son, et va rejoindre sa femme dans la chambre conjugale.

Mme Rigaud fait sa toilette de nuit et se couche,

pendant que M. Rigaud met en ordre une boîte qui contient du crin, du plomb, une pince, de la racine anglaise, des hameçons et des bouchons. Sa besogne terminée, il sourit une dernière fois et se couche à son tour.

*
* *

Il est à peine cinq heures du matin, que le papa Rigaud saute à bas du lit, va vivement à la fenêtre de la rue, soulève le rideau et paraît enchanté à la vue des rayons obliques du soleil levant, qui se jouent sur les tuyaux de cheminée d'en face.

Prestement il s'habille en fredonnant :

> Je t'en prie Joséphine
> Arrête la machine (*bis*)
> Ou bien !
> Tu vas faire dérailler le train

Il passe une gibecière à son côté gauche, la fameuse boîte en fer-blanc à son côté droit, et, tenant un énorme couvre-chef en paille d'une main, il prend de l'autre un long étui en cuir assez semblable à un télescope, puis il s'approche de Mme Rigaud, qui sommeille encore, l'embrasse doucement sur le front et s'esquive.

Il gagne la gare d'Orléans par les quais, tout en

contemplant la Seine qui doit dans une heure lui fournir un butin assuré.

Dans la gare il ne fredonne plus, il chante. La foule est énorme, dame! c'est l'ouverture de la pêche. Il suit la foule et, avec elle, s'engouffre dans un compartiment de troisième classe.

Cha chiffle, cha chouffle et *cha f...iche le camp,* comme dit l'Auvergnat, en parlant d'un chemin de fer en marche, et voilà le papa Rigaud qui fuit Paris, et ses plaisirs du dimanche, et sa femme pour les douceurs de la pêche à la ligne.

Une heure après, il était installé au bord de la Seine, sur les marches d'un escalier, qui lui servait de siége naturel. A ses côtés, étaient la gibecière, regorgeant de lignes prêtes à monter, et la boîte en fer-blanc. La canne, qu'il tire de son étui, a six brins de 70 centimètres environ, ce qui mesure en totalité 4 mètres 20. Il ajuste une ligne, prend son élan, et sans faire attention si, en lançant son cordonnet armé du traître hameçon, il n'accrochera pas quelque passant sur la berge, il fouette sa ligne au loin pour prendre le fond. Le bouchon est à sept mètres de lui. Il est heureux, sa ligne est longue et il pourra prendre du gros.

Alors il ramène le cordonnet à lui, ouvre la fameuse boîte en fer blanc, dénoue le sac qu'il a acheté la veille et s'écrie :

— Dieu ! qu'ils sont gras... Ah ! les beaux asticots !
C'était des asticots !

Mais il est en retard. Déjà son plus proche voisin
a pris un goujon, et lui n'est pas prêt ; il prend quelques petites bêtes grouillantes et, pour aller plus vite,
il les pince entre ses lèvres, puis un à un en accroche
trois à ses trois hameçons et, remet tranquillement les
autres dans la boîte qu'il referme avec soin.

La ligne est de nouveau jetée, le bouchon suit le
courant. Une fois, deux fois, trois fois, dix fois, cent
fois peut-être sans résultat.

Un Parisien, qui de la berge a vu la patience du
papa Rigaud, ne peut s'empêcher de dire en s'en
allant :

— Décidément, si la ligne droite, en géométrie, est
le plus court chemin d'un point à un autre ; à la
pêche on peut dire que la ligne est le plus court chemin d'une bête à une autre.

Après son départ, le père Ritor, qui ne pêche jamais
le dimanche, laissant ce jour aux papas Rigaud qui
n'ont que celui-là, vient s'installer sur la berge, tout
près de notre malheureux pêcheur.

— Hé, l'homme ! ça ne mord guère ?

— En effet, voici deux heures que je suis ici et je
n'ai encore pris que deux malheureuses ablettes.

— A quoi pêchez-vous donc ?

— A l'asticot.

— Cela n'est pas étonnant, alors. Ici, ce n'est pas une place à asticot, c'est une place à gros poissons. Il faudrait du sang ou de la cerise.

— Du sang! de la cerise!! vous voulez rire sans doute?

— Comment? mais pas du tout, on pêche parfaitement avec ces deux appâts.

— Ah! bah!

— Non, appas; certainement. (*A part.*) Un naïf! si je m'amusais un peu. (*Haut, au papa Rigaud.*) Voulez-vous que je vous dise, comment on pêche à la cerise, par exemple?

— Ah! volontiers, monsieur.

— Mon Dieu, c'est bien simple.

— J'ai justement apporté des cerises pour mon déjeuner.

— Parfait. Prenez-en une... Là, bien. Retirez la queue. Passez votre hameçon sous le noyau. Très-bien. Maintenant jetez votre ligne. Voilà.

— Et après?

— Après, c'est encore plus simple, n'essayez pas de ferrer quand votre bouchon descendra, vous manqueriez votre poisson, laissez-le s'enfoncer.

— Je comprends... Plusieurs fois, n'est-ce pas?

— Plusieurs fois.

— Quand faut-il ferrer, cependant?

— Quand? vous me demandez quand, c'est de plus

en plus simple, quand vous entendrez le noyau se casser sous les dents du poisson.

— Ah !!!

— Oui. Alors tirez ferme et je vous assure que ce sera un gros. Au revoir, monsieur.

— Au revoir, monsieur, et merci... merci.

Le père Ritor s'en alla pour rire à son aise. Quand il revint après son déjeuner, le papa Rigaud était toujours à la même place. Seulement, comme il avait sans doute trouvé que sa ligne n'allait pas assez loin, il avait arraché avec ses ongles une énorme pierre, formant marche de l'escalier, et l'avait lancée à 60 centimètres du bord, puis il avait passé sur cette île improvisée. Mais la pierre, n'était pas d'aplomb, et papa Rigaud menaçait à chaque instant de faire un plongeon. Au moment où nous le retrouvons, il semble avoir pris son équilibre : d'une main il tient sa canne à pêche en avant, tandis que de l'autre il serre le fond de son pantalon comme s'il se retenait lui-même pour ne pas tomber, et il écoute si le noyau de cerise ne se casse pas.

Le soir il rentrait avec deux livres de poissons... achetés à l'auberge du cru, et, en se couchant, racontait à Bobonne ses prouesses de la journée.

Ainsi, il avait dégradé un escalier et avait appris à pêcher à la cerise.

Et l'on dit que les pêcheurs sont des gens inoffensifs !

L'AMOUR D'UN ÉGOÏSTE.

RMAND et Julienne s'aimaient.

Armand avait trente-cinq ans. Il était devenu Parisien par l'existence mondaine qu'il avait menée à Paris. Grand, beau garçon, portant moustache noire, avec chevelure au vent, il possédait de belles dents, des pieds ordinaires qu'il chaussait bien, et des mains banales (comme la plupart des hommes en ont) qu'il soignait attentivement pour plaire à Lucienne. Enfin, il avait une tournure gentleman qui le faisait remarquer au premier abord.

En outre, il était célibataire, et comme tel il s'était tenu à peu près le raisonnement suivant : « En ma qualité de célibataire, comment dois-je mener la vie? J'ai un caractère excessivement gai, cela doit me faire pénétrer partout. Or pour réussir dans le monde, que me faut-il? il me faut avoir l'air de croire à tout, et ne croire à rien. Ne penser qu'à une seule chose :

arriver par n'importe quel moyen. Je travaillerai,
puis je m'imposerai au monde. Avec du toupet j'y
arriverai, je le veux. S'il faut absorber ceux qui m'en-
toureront par mon entrain, mon brio, je les absor-
berai, car, si je n'agissais pas ainsi, moi, qui ne connais que le peu que j'ai appris moi-même avec le
temps, je me trouverais absorbé par eux, et je ne saurais souffrir cela, ce serait la négation de ma volonté.
En résumé, n'aimant que moi, je flatterai tout le
monde et ne satisferai que mes fantaisies. La vie est
assez courte pour qu'on la passe le plus agréablement
possible. Mais pour cela il faut de l'or, beaucoup
d'or. Eh bien! j'en gagnerai, et ainsi mon *moi* sera
satisfait, c'est tout ce qui m'inquiète. L'honneur ? J'en
aurai suffisamment pour moi et aucunement pour
les autres : *Garde-toi, je me garde.* Quant aux autres sentiments, j'en posséderai autant que quiconque
quand il veut parvenir : en paroles et le moins possible en actions. J'obligerai plus riche que moi, pour
que cela me rapporte et non pour faire le bien, car
c'est une duperie, ceux qu'on oblige ainsi sont trop
souvent peu reconnaissants ; d'ailleurs, la reconnais-
sance d'un obligé me gênerait. Je verrai tout, je sau-
rai tout, de sorte que je pourrai causer art, littérature,
spectacle ou concert, voire même un peu politique,
mais je n'aurai pas d'opinion tranchée : aimer tous
les pouvoirs étant le seul moyen d'être bien avec tout

le monde et de ne blesser personne. Pour ce qui est du plaisir, je le prendrai où il sera, peu m'importe sa place s'il me satisfait. En un mot, je serai égoïste, là est le bonheur suprême. »

Et après s'être tracé cette jolie ligne de conduite, Armand s'était jeté dans la vie, et tout lui avait souri. A trente ans, il avait une position indépendante, était reçu partout, parce que partout son brillant esprit, empreint d'un scepticisme mondain et tant soit peu gaulois, lui avait ouvert toutes les portes. Attentionné pour toutes les femmes qu'il rencontrait dans le monde, il ne montrait aucune préférence marquée pour l'une ou pour l'autre. Cela avait duré jusqu'au moment où il avait rencontré Julienne.

Où avait-il rencontré Julienne? A Paris, comme toutes les jolies femmes. Au spectacle, dans le monde, à une soirée, à un enterrement ou à un mariage, peu importe, il l'avait rencontrée et s'était fait recevoir chez elle.

Or, Julienne était mariée, et son mari était le meilleur des hommes. Ce mari se prit vite d'amitié pour Armand, dont les idées cadraient un peu avec les siennes. Bientôt, avec l'intimité, il ne vit plus, ne pensa plus que par Armand. Armand bien reçu, choyé par les deux époux, trouva la maison à son gré, délaissa une partie de ses anciennes relations pour ne plus venir que chez Julienne. Julienne n'avait pas rencontré son idéal dans son mari ; elle se disait malheureuse, quoiqu'une magnifique position de fortune lui permît de satisfaire tous ses caprices. Son mari l'adorait bien, mais non comme elle eût voulu l'être, il l'adorait bourgeoisement, et elle eût préféré une adoration moins anodine, c'est-à-dire plus épicée. Son imagination, un peu romanesque, la poussait vers le bruit, l'éclat, le monde, tandis que son mari aimait le calme, les demi-teintes et la solitude à deux. De là des froissements inévitables, des conflits incessants, qui amenèrent pourtant des concessions, mais des concessions consenties avec peine par chacune des parties.

Armand tomba au milieu de cette situation de ménage, qui, malheureusement n'est pas rare, et il fut aimé par Julienne et par son mari parce qu'il flatta leurs idées à tous deux, qu'il rompit leur monotomie, alors il leur devint indispensable.

Pendant quelque temps, Armand ne fut plus le même ;.lui qui était auparavant galant avec toutes les femmes, ne fut plus attentionné que pour Julienne. Il ne laissait passer aucune occasion de lui être agréable, ne causait qu'avec elle ou peu s'en faut, l'entourait de mille soins, puis la grondait, la raisonnait, la raillait même, à tel point qu'il entra armé de pied de cap dans l'esprit de la pauvre femme. Or comme le dit si bien Champfort : « Dans la nature comme dans le monde des idées la femme doit toujours appartenir à celui qui sait arriver à elle et la délivrer de la situation où elle languit. » Julienne languissait, Armand arrivait donc à elle pour la délivrer de sa situation pénible.

Dans une telle situation, quand une femme se donne, elle se donne toute entière, elle veut amour pour amour, rien ne la retient, rien ne l'arrête ; ni le monde, ni la famille, ni le mari. Elle veut qu'on lui appartienne comme elle se donne, elle ne songe pas à l'avenir et croit au contraire que l'amour est éternel ou doit l'être. Quelquefois pourtant, un regard jeté en arrière, sur un passé tranquille ; un fond d'honnêteté native ; des sentiments sérieux la font hésiter. Alors cette hésitation surexcite l'imagination du soupirant, qui augmente de passion, redouble ses tentatives, ou attend le moment fatal. D'une façon comme de l'autre, il est rare que la femme sorte victorieuse de la lutte, s'il en est ainsi c'est une vertu bien digne du ciel, car n'est réellement vertueuse, que celle qui, ayant facilité de pécher, ne pèche pas, et non celle qui n'a jamais connu la tentation.

Armand, rendu plus amoureux par la résistance de Julienne, multiplia les embûches sous ses pas. Il parla de son appartement de garçon, ce qu'une femme, surtout honnête, aspire toujours à voir. Armand en parla si bien une après-midi qu'ils s'étaient rencon-

trés, — par le plus grand des hasards — que Julienne
manifesta le désir de le visiter, en tout bien tout
honneur s'entend, car Armand n'était pas encore
entré au fond du cœur de Julienne.

Elle y alla un jour, sur les trois heures, sans que
personne s'en doutât; la maison étant très-fréquentée,
on ne remarqua pas sa venue. Mais à peine arrivée
un frisson lui courut sur la peau. Elle faisait presque
mal, elle le sentait, et il était trop tard; comme elle
avait une volonté ferme, elle ne fit rien paraître et
commença l'examen des mille bibelots qui ornent
l'appartement d'un garçon homme de goût. Elle vit
des chinoiseries, des armes anciennes, des vieux grès,
des faïences, des verres de Venise, des bronzes délicieux, des tableaux charmants, des tentures étranges
de vétusté et des meubles de style. Tout cela, ras-
semblé en un petit espace et disposé avec art, lui
parut ravissant, c'était loin de son salon bourgeois
où cependant bien des tableaux de prix étaient réunis. Son appartement était bien plus beau que celui
d'Armand, mais il lui était connu et c'était l'inconnu
qui la charmait ici sous mille formes diverses. Si le
sien était immense celui d'Armand n'était grand que
pour deux.

Cette première fois, elle ne fit qu'examiner. La seconde fois, elle s'assit et l'on causa. Armand fut per-
suasif et elle fut hésitante. L'amour commençait son

envahissement. La troisième fois, elle permit un baiser. Oh ! le premier baiser de l'amant ! Langue de feu, qui pénètre au cœur et fait tressaillir toutes les fibres, que vous êtes cruelle ! C'est le commencement de la possession dernière, c'est l'aimant qui attire et happe le cœur sur les lèvres, c'est le dernier pas du doute. La fois suivante les baisers se succédèrent plus pressés, plus brûlants, plus incendiaires, mais Julienne résista encore. Armand s'amourachait de plus en plus, et quiconque de ceux qui l'avaient connu jadis, l'aurait vu en ce temps-là, ne l'eût certes pas reconnu. Ce n'était plus le même homme, et pourtant il était fidèle à son principe : il prenait le plaisir où il le trouvait sans s'inquiéter des ruines, des douleurs ou des désastres que ce plaisir creuserait sous les pas de la femme qu'il convoitait. Cette situation fausse le forçait à continuer ses visites au mari, qui, très-confiant le malheureux, lui tendait toujours les deux mains, ce dont Armand riait à part soi. Il était devenu Don Juan, Lovelace, à son insu, et il n'avait aucun remords. Il marchait souriant et persuadé de vaincre, se moquant du monde et ne pensant qu'à soi. Julienne, toujours la même en apparence, avait pourtant aussi changé. Un œil scrutateur eut vu les hésitations de cet amour dans bien des détails insignifiants au premier abord, mais irréfutables quand on les examinait de près. D'abord,

devant le monde elle prenait un malin plaisir à dire
du mal d'Armand, à le taquiner, mais cela ne trom-
pait personne, car ce moyen est employé depuis que
le monde est monde, ensuite, elle avait des éclairs de
joie et des instants de tristesse qui n'étaient plus cette
mélancolie qui l'enveloppait auparavant, enfin elle paraissait beaucoup plus amoureuse de son mari qu'elle
ne l'avait jamais été. Ces trois symptômes étaient presque des certitudes pour un clairvoyant, et cette classe
est nombreuse parmi les gens du monde. Les maris
seuls sont aveugles; pour qu'ils voient, même en
plein midi, il faut que la lumière leur brûle les yeux,
qu'ils y touchent, et encore! Que signifie donc, hélas!
cette parole de Shakspeare : « *Le mariage est souvent*
une sottise faite à deux, puis une galère à trois. »

Julienne retourna chez Armand tant et si bien, que
par une orageuse après-midi de juin, elle entra presque résolue dans cet appartement que mille parfums
rendaient plus enivrant encore. Au dehors, le soleil dardait des rayons de feu, l'atmosphère était brûlante, pas le moindre souffle ne passait dans cette
fournaise, de gros nuages gris de plomb et chargés
d'électricité parcouraient les hautes sphères célestes.
La nature semblait énervée de tant de chaleur, les
promeneurs étaient accablés, et l'on aurait cru qu'un
foyer intérieur concourait avec le soleil pour brûler
l'univers entier.

Quand Julienne eut gravi les quatre étages d'Armand, elle était anéantie, mais, à peine entrée, la pesanteur de l'atmosphère diminua, un air frais la fouetta au visage, une demi-obscurité dessilla ses yeux, elle revint à la vie réelle.

Au dehors, tout à coup, l'orage gronda, et l'eau tomba, fouettant bruyamment le pavé de la rue. Julienne se rapprocha d'Armand, elle avait peur. Armand la serra dans ses bras en la couvrant de baisers.

L'orage fit fureur, et Julienne cacha sa tête sur le cœur d'Armand.

Aux éclairs, succédaient rapidement les coups stridents et cassants de la foudre. Armand embrassait toujours Julienne.

Puis l'orage s'éloigna. Nos deux amoureux ne bougèrent pas.

Enfin la pluie seule continua à tomber, semblant bercer de son clapotement monotone Julienne et Armand, étendus tous deux sur un sofa.

. . . .

Quelques instants après Julienne, sur une causeuse, pleurait sa faute, et Armand, le cigare aux lèvres, cherchait à la consoler. Quand Julienne rentra chez elle, elle était pâle et défaite, l'orage lui avait fait mal, dit-elle, et elle se coucha. Son mari, inquiet, la veilla. Elle simula le sommeil et ne dormit pas, mais

10.

elle réfléchit. Elle vit le gouffre ouvert sous ses pieds, et dans un moment de douleur voulut tout avouer à son mari. La raison et le souvenir de ses enfants la retinrent. Elle dévora sa honte et ses larmes en silence. Accablée, vers le matin elle s'endormit.

Une heure d'oubli avait suffi à cette femme, honnête jusque-là, pour briser toute une vie calme et bien remplie, tous les nobles sentiments de la mère avaient été oubliés, toutes les pudeurs de la femme s'étaient dévoilées, tous les préjugés de l'épouse avaient été foulés aux pieds.

Et pour qui tous ces sacrifices ? Pour Armand, Armand le fat, Armand l'égoïste, qui sitôt Julienne partie n'eut que ces mots pour peindre son bonheur : « Enfin j'ai réussi. » Pour Armand qui, voyant à terre un petit vase brisé, se prit de fureur et s'écria : « La maladroite, elle a cassé mon Saxe... mon Saxe, qui m'a coûté quinze louis, qui est unique. Ah! les femmes, il faudrait toujours les suivre... la maladroite. » Pour Armand qui ne voyait que son vase en morceaux, tandis qu'elle, la pauvre Julienne, venait de briser sa vie à tout jamais.

Théophile Gautier a eu raison de dire :

« *La rose vit une heure et le cyprès cent ans.* »

Car Armand avait cueilli la rose et Julienne avait semé le cyprès.

Un mois après, Armand oubliait Julienne pour chercher ailleurs un nouveau plaisir, celui-ci ne le satisfaisant plus, et Julienne pleurait, comme elle pleure encore, cette heure d'oubli avec un égoïste.

LA SAINT-CHARLEMAGNE.

1865

L a jeunesse, en général, a tellement le cœur sur la main, qu'elle se lie facilement, au collége, avec la jeunesse de son âge. Aussi deux jeunes gens deviennent-ils vite une bonne paire d'amis, surtout, comme cela arrive souvent, si dès leur première entrevue ils se sont déplus, c'est-à-dire, *flanqué une brossée.* Ceux-ci se lient d'amitié à leur tour avec une, deux ou trois autres paires d'amis, comme eux, et cette petite société devient un camp, qui se défend ou attaque de concert.

Tous, tant que nous sommes, nous avons passé par là, nous avons eu notre *copain*, et quelquefois ce copain est devenu un ami sérieux après bien des années de séparation et d'oubli.

Or en 1865, huit amis de 17 à 20 ans, faisaient le serment de ne jamais se perdre de vue dans l'avenir. Ils avaient choisi un dimanche de Saint-Charlemagne pour cimenter ce serment par des agapes fraternelles, et s'étaient réunis dans un restaurant à prix fixe du Palais-Royal, où, moyennant un léger supplément (on n'était pas riche alors), on leur avait donné un salon particulier et servi un dîner agrémenté de quelques plats de circonstance, et arrosé d'un vin de Champagne à trois francs la bouteille.

Nous allons suivre nos héros dans ce salon particulier, et assister à leur conversation, à leurs projets d'avenir, plus tard, nous les retrouverons et verrons s'ils ont tenu ce qu'ils promettaient alors avec tant de chaleur.

PERSONNAGES :

LUCIEN. — PAUL. — SEVERIN. — GABRIEL. — ALEXANDRE. ROBERT. — YVES. — ARMAND.

GABRIEL. — Ah çà, mes amis, nous sommes au complet, pourquoi donc ce tavernier du diable ne nous sert-il pas. (Il sonne.)

LUCIEN. — Il serait temps, car je meurs de faim, moi !

PAUL et ALEXANDRE. — Nous également, pardieu ! et toi, Séverin ?

SÉVERIN. — Oh ! moi, je suis à vos ordres.

ARMAND. — Il n'y a pas d'ordres à donner ni à recevoir ici. As-tu faim, oui ou non ?

SÉVERIN. — Eh bien, oui et non ; je verrai quand
je serai à table.

YVES. — Ah ! jésuite, va ! tu ne peux donc pas répondre franchement.

GABRIEL. — Il n'est pas Normand pour rien. (Au
garçon :) Ah ! vous voilà. Nous sert-on bientôt ?

LE GARÇON. — De suite, Monsieur ; on dresse les
plats.

ROBERT. — Comme on dresse les chiens, n'est-ce
pas ?

Le garçon ne comprend pas et sort. Un instant
après nos huit convives sont à table et mangent de
bon appétit. Au rôti, Yves prend la parole :

YVES. — Messieurs, permettez-moi de vous faire
un speech.

ARMAND. — Vas-y, mais ne sois pas long.

GABRIEL. — Qu'importe ; nous ne l'écouterons pas ;
et puis, pendant ce temps-là, il ne mangera pas.

SÉVERIN. — C'est vrai !

LUCIEN. — Bravo ! *Ferringhea* a parlé.

YVES. — Soyez sans crainte. Messieurs, je bois à
notre dernière année de *bahut*. Fassent les divi-

nités protectrices que dans dix ans, à pareille époque, nous soyons encore réunis comme aujourd'hui.

GABRIEL. — Dans dix ans, mon cher, c'est facile à dire, mais peut-être ne sera-ce pas facile à réaliser.

ALEXANDRE. — Pourquoi cela ?

GABRIEL. — Pourquoi ? parce que les uns seront à Paris, tandis que les autres seront ou en province ou à l'étranger.

YVES. — Qu'à cela ne tienne. Et puisque tu restes à Paris, toi, tu te chargeras de centraliser nos nouvelles, et de nous convoquer dans dix ans, c'est-à-dire en 1875, à pareille époque. Est-ce dit ?

TOUS. — C'est entendu !

GABRIEL. — Un mot encore, mes amis. Dans le cas où vous ne me tiendriez pas... exactement au courant de vos santés respectives, ce qui d'ailleurs ne serait nullement étonnant, vu l'éloignement et les vicissitudes de la vie, quel moyen aurais-je pour vous retrouver sur cette mer qu'on appelle le monde?

ALEXANDRE. — Un moyen fort simple. Tous nous avons une idée arrêtée sur la position que nous aurons un jour, ou sur la carrière que nous voulons entreprendre. Disons donc, dès aujourd'hui, dans quelle branche nous désirons faire notre fortune, et notre camarade Gabriel nous y cherchera à l'heure dite.

GABRIEL. — Permettez. Si vous changez d'avis, pourtant?

SÉVERIN. — Il n'y a pas cela à craindre. Toutefois, tu chercherais dans les branches approchantes.

GABRIEL. — Soit. J'écoute et inscris tout en mangeant, quoique je me charge là d'une besogne bien difficile. Dix ans forment le quart de la vie moyenne d'un homme; c'est notre troisième quart que nous allons commencer, le finirons-nous? Et tous, tant que nous sommes, serons-nous tous vivants alors?

ARMAND. — Pourquoi non?

GABRIEL. — Nous sommes mortels.

ARMAND. — Parbleu! et c'est cela qui m'enchante au fond; car nous saurons prendre la vie comme elle viendra.

YVES. — D'ailleurs, mes amis, je ne sais vraiment pas pourquoi nous pensons à mourir! Loin de nous cette pensée. Buvons à l'avenir, à la jeunesse, à l'amour.

TOUS. — A l'amour!

GABRIEL. — Maintenant je vous écoute :

LUCIEN. — Inscris-moi pour le métier de médecin. Je me sens une vocation irrésistible pour cette profession libérale. N'étant ni brutal, ni trop mauvais, je ferai de mon mieux pour ne tuer aucun client. Je les entretiendrai, car avant tout je suis pacifique.

GABRIEL. — C'est écrit. Lucien : médecin.

LUCIEN. — Médecin à Paris.

GABRIEL. — A Paris.

PAUL. — Moi, je crois, mes amis, que je vous ferai faux bond dans dix ans, car j'aime les voyages. Ma famille est riche, et elle encourage mes goûts. Donc il est plus que probable que je serai à cette époque dans quelque lointain pays, en qualité de correspondant de la Société de géographie, ou de chercheur de vieilles faïences, de vieilles armes, de vieilles médailles.

YVES. — Je ne te savais pas numismate.

PAUL. — Dis archéologue, ce sera plus vrai.

GABRIEL. — Soit, c'est inscrit.

SÉVERIN. — Mes amis, moi, je n'aime que l'étude, le repos et la tranquillité d'âme, je serai donc prêtre.

ROBERT. — Prêtre! diable, tu me donneras ton adresse, pour que je ne t'appelle pas à mes derniers moments.

SÉVERIN. — Tu pourrais tomber plus mal, car pour un ami je serais indulgent.

GABRIEL. — Catalogué. Séverin : curé de province.

ALEXANDRE. — Alors! à côté du prêtre, mes amis, vous aurez le soldat. Ce soldat, ce sera moi, et je vous donne ma parole que je serai un bon soldat. Je serai le fils de mon père, tué glorieusement, il y a dix ans, en Crimée.

ROBERT. — Gabriel, inscris-moi à côté d'Alexandre, car, pendant qu'il combattra sur terre, moi, je combattrai sur mer. J'aime les grandes choses, les grands spectacles, les horizons immenses, je veux être marin. Là seulement la vie est libre.

GABRIEL. — C'est dit : Alexandre : général ; Robert : amiral.

YVES. — Pour ce qui est de moi, mes amis, je n'ambitionne qu'une chose, faire pâmer d'émotion les portières, faire pleurer de tendresse les petites ouvrières, punir le crime et récompenser la vertu.

LUCIEN. — C'est le métier de juge de cour d'assises que tu choisis là.

YVES. — Non, c'est le métier de littérateur ; c'est Ponçon du Terrail, ou mieux c'est Alexandre Dumas père.

PAUL. — Bonne chance, Voltaire ou Capendu de l'avenir.

ARMAND. — Mes prétentions sont moins hautes. J'ai toujours rêvé un métier paisible ; je serai simple commerçant.

SÉVERIN. — Mais il y a commerce et commerce.

ARMAND. — Oh ! peu m'importe : un commerce facile et qui donne peu de soucis. Afin que je puisse me livrer à mes fantaisies, qui sont l'amour du beau, du grand, de la nature.

GABRIEL. — J'écris alors marchand... des quatre saisons. Ainsi, tu admireras la nature dans ses produits... Ça y est... Il ne reste plus que moi. Eh bien, mes amis, je m'inscris pour l'industrie; je prendrai la matière première, je la ferai passer par une foule de mécaniques, je la ferai bouillir ou geler; — ça m'amusera, — et je vous rendrai du papier, du feutre ou des matières colorantes.

Tout le monde avait fini sa confession quand on arriva au dessert. Les visages étaient gais et rubiconds. Les bouteilles de champagne s'étaient succédé, et chacun, poursuivant l'idée qu'il venait d'émettre, se croyait déjà au pinacle qu'il désirait atteindre. Tous parlaient à la fois, et personne ne s'entendait. Mais qu'importait! On faisait des rêves, et c'est si bon de rêver! On porta des toasts nombreux à 1875, et, à bout de force, la tête un peu perdue, on se sépara enfin, en se jurant de se retrouver.

L'année scolaire se termina. Nos huit amis se serrèrent la main au jour de la distribution des prix, et quittèrent le *bahut*, comme ils appelaient le collége, pour se répandre à travers le monde, chacun dans sa famille.

Pendant les dix années qui suivirent, Gabriel, fidèle à son serment, avait suivi ses camarades, et, sauf deux, il sut où trouver les six amis pour cette année 1875. Nous allons voir ce qu'étaient devenus les beaux rêves d'antan.

1875.

Cette année donc Gabriel avait réuni les amis, non plus dans un restaurant à prix fixe du Palais-Royal, mais bien à la Maison-d'Or. La position pécuniaire n'était plus la même.

Le dîner devait être servi à sept heures, heure militaire. Or, par le plus grand des hasards, nos six amis se rencontrèrent presque à la porte du restaurant et ne se reconnurent pas tout d'abord. Ce fut quand ils eurent décliné leurs noms qu'ils se regardèrent étonnés, et finirent par retrouver leurs souvenirs d'enfance en se serrant la main.

— Comment c'est toi, Lucien ?

— Oui, mais toi, comment se fait-il ?...

— Je te dirai cela tout à l'heure. Tiens, Robert qui prend déjà du ventre ? C'est malheureux, à trente ans !

— C'est Armand qui est si sérieux que cela dans sa cravate blanche.

— C'est moi-même, jusqu'au potage. Après, comme après.

— Ces messieurs sont servis !

— A table, messieurs, dit alors Gabriel, laissons les deux places du bout vides, ni l'une ni l'autre, hélas ! ne pourra être occupée ce soir.

— Ah bah !

— Je vous dirai pourquoi tout à l'heure.

On se mit à table, et nos amis, heureux en somme d'être réunis, retrouvèrent leur gaieté et leur appétit d'autrefois.

GABRIEL. — Avouez, mes amis, qu'il m'a fallu de la persévérance pour vous découvrir tous après cette maudite guerre ?

ROBERT. — C'est vrai, d'autant plus que loin de suivre la carrière que nous nous étions tracée il y a dix ans, tous nous avons, à ce que je vois, changé d'idée.

GABRIEL. — C'est pardieu la vérité. Mais ce qui est le plus bizarre, c'est que ce sont ceux qui ont suivi leur vocation première qui ont succombé; Alexandre avait dit : je serai soldat, et il l'a été. Sous-lieutenant à Sedan, il s'échappa après la capitulation pour s'enfermer dans Metz. Là il s'ennuya tellement qu'il faillit déserter pour aller se battre ailleurs. Aussi quand Bazaine...

LUCIEN. — Ne parlons pas de Bazaine, il a déshonoré l'armée.

GABRIEL. — Sois tranquille... Quand Bazaine capitula, Alexandre se sauva et rejoignit l'armée de l'Est, c'est là qu'il combattit, comme un fou, comme un furieux, pour se rattraper de son inaction à Metz.

Aussi est-ce là qu'il mourut au moment où, capitaine, il allait être décoré... Quant au second, Séverin, il est prêtre. Où ? Dans un petit village. Pris comme otage pendant la Commune, mais relâché grâce à un communard à qui il avait rendu service, il put quitter Paris sous les habits d'un marchand de bœufs. Depuis, il a la tête malade, il se croit toujours poursuivi... En sa qualité de prêtre, il n'a pu se rendre à ma convocation, mais il nous envoie ses souhaits. Maintenant, mes amis, qu'un souvenir est accordé aux absents, buvons à la mémoire d'Alexandre et à la santé de Séverin.

Tous. — A la mémoire d'Alexandre, à la santé de Séverin !

Yves. — Que d'événements, en effet, messieurs, se sont passés dans ces dix dernières années. Gais ou terribles, ils sont encore présents à nos mémoires et nous tous, qui étions si unis à cette époque, nous voilà, j'en suis persuadé, séparés aujourd'hui, par bien des points, ne serait-ce que par les opinions politiques.

Gabriel. — Oh! mes amis, de grâce, ne faisons pas de professions de foi. La politique ne doit, pas plus que la religion, nous désunir, parlons simplement de ce que nous avons fait et du but que nous avons atteint. Et toi, Yves, puisque tu as pris la parole, raconte-nous comment il se fait que d'Alexandre Dumas que tu voulais être, tu sois devenu un Berryer.

YVES. — Par cette raison bien simple que l'étude de nos grands auteurs m'a conduit à une telle connaissance des hommes, que j'ai pris pitié des malheureux, que j'ai appris que le pauvre était généralement opprimé par le riche, et qu'alors il fallait mieux défendre le pauvre qu'essayer de l'amuser par des contes plus ou moins ingénieux dont il ne saurait pas tirer profit. Je me suis donc fait avocat et j'ai plaidé, tant et si bien, qu'un beau jour j'ai sauvé de l'échafaud la tête d'un satané gredin qui avait bel et bien assassiné père et mère... Il est vrai qu'à mon point de vue, ce n'était pas le gredin que je défendais, mais bien la peine de mort. Mon client n'a donc été condamné qu'aux travaux forcés à perpétuité. C'est égal, notre société est bien corrompue, mes amis! c'est moi qui vous le dis.

GABRIEL. — Allons, tais-toi, oiseau de mauvais augure, de tous temps il y a eu d'honnêtes gens et des canailles, Caïn n'a-t-il pas tué Abel? Le crime est donc aussi vieux que le monde.

YVES. — Ton argument est péremptoire, je me tais, mais je me tiens à ta disposition pour le réfuter quand tu voudras.

GABRIEL. — Jamais, tu me prouverais qu'il fait nuit en plein jour.

ARMAND. — Permettez, mes amis. Yves a raison, j'en sais quelque chose, moi, je suis notaire.

GABRIEL. — Notaire ! toi qui voulais être simplement commerçant, pour admirer, à tes... longs moments perdus, la nature, toi qui avais l'amour du beau, du grand !

ARMAND. — En effet, c'était mon rêve. Mais mon père, qui était riche, avait rêvé de voir son fils notaire. Que voulez-vous, j'ai cédé à son désir, en fils obéissant.

Il m'a donc fourré comme gratte-papier dans une bonne étude. Dans les premiers temps ça m'a amusé, puis, j'ai pris goût au métier ; ensuite je suis monté en grade et enfin mon patron vient, il y a un an, de me donner son étude flanquée de sa fille, non sa fille flanquée de son étude !

GABRIEL. — Au moins la fille est-elle jolie ?

ARMAND. — Heu ! heu ! Elle n'est pas mal, vu la dot qui se compose de l'étude, laquelle rapporte une vingtaine de mille francs par an.

GABRIEL. — Homme pratique va !

ARMAND. — Que veux-tu ? Les affaires sont les affaires. Pourtant, sorti de mon cabinet je dépouille la peau du notaire et quand je me trouve en bonne compagnie, je ris, je chante même ; c'est si bon d'être avec de vrais amis.

GABRIEL. — C'est vrai, mais c'est si rare. Eh bien !

11.

toi Robert, toi qui devais être un marin, qui voulais voir les horizons immenses, les grands spectacles de l'Océan.

ROBERT. — Oui, oui! je voulais! Hélas! Adieu les volontés d'alors, je suis aujourd'hui négociant. Mon métier touche, il est vrai, à la marine, mais moi-même je ne suis pas marin. Je vends des denrées coloniales, voilà tout.

GABRIEL. — Épicier quoi?

ROBERT. — Non pas. Je ne vends que des sucres, des cafés, des riz, des thés et des poivres, et en gros seulement.

GABRIEL. — Tu es heureux?

ROBERT. — Couçi-couça tu sais, les affaires sont si calmes en ce moment.

GABRIEL. — Tu es marié?

ROBERT. — Oui, avec la fille d'un armateur, tu vois, je touche à la marine tout de même par ma femme.

PAUL. — Ce bon Robert est comme moi, avec cette différence que si nous étions tous deux amoureux des voyages, mon amour de la numismatique et de l'archéologie m'a conduit à examiner de plus près et, sans me déranger, le corps humain. Qu'est-il arrivé? c'est que cette étude m'a rendu sceptique et que le scepticisme m'a mené à la médecine tout droit. Nous sommes si peu de chose, notre vie tient à un si petit fil, que j'ai préféré ne pas risquer à rompre ce fil dans des voyages, et je suis resté à Paris à soigner la machine humaine qu'on nomme le corps. La méthode du *Clysterium donare* étant morte, nous expérimentons tous les jours de nouvelles méthodes sur nos malades. Quelquefois nous réussissons — c'est rare, mais cela arrive — et le malade se sauve. Nous faisons alors un rapport à l'Académie et nous sommes de suite quelqu'un. Si nous ne réussissons pas, le malade... ne se sauve pas et nous ne l'allons pas dire à Rome. Nous attribuons notre non-réussite à des complications, que nous baptisons de noms bizarres et incompréhensibles, et souvent, dans ce cas, on nous prend encore pour des savants. Voilà le métier.

GABRIEL. — Tu me fais froid dans le dos.

PAUL. — Pourquoi? Notre métier c'est l'inconnu, nous procédons de là pour arriver au connu. On ne fait pas d'omelettes sans casser des œufs.

GABRIEL. — Alors, les malades sont les œufs?

PAUL. — Non, nous les appelons des sujets.

GABRIEL. — Brrr. Je persiste à dire que tu me fais froid dans le dos.

LUCIEN. — Je suis de ton avis, Gabriel, et c'est tout justement cette perspective qui m'a effrayé. Je voulais aussi être médecin, mais quand j'ai vu que je marchais au scepticisme le plus enraciné, que j'arri-

verais à ne plus croire ni à Dieu ni à Diable, j'ai
laissé les inscriptions de côté, et me suis jeté dans la
vie à outrance. J'ai vécu de la·vie du viveur ! Ce salon a retenti plus d'une fois de mes rires et de mes
propos grivois. Le Turf a battu des mains à mes
prouesses de Sportman. Le Bac m'a pris bien des
louis, les filles m'ont pris ma jeunesse, mes illusions
et aussi beaucoup de louis. A vingt-cinq ans j'étais,
malgré mon changement de route, aussi sceptique
que le docteur Paul, qui vient de nous faire la théorie
du médecin. J'allais donc partir dans l'Inde, au
Kamchatka que sais-je, pour me retremper un peu,
quand la guerre éclata.

Ce fut le réveil pour moi, je m'engageai de suite ;
au bout d'un mois j'étais soldat parce que je voulais
l'être. Le premier jour de mon arrivée au corps je
me battis. A ce qu'il paraît que je me battis bien,
car on me nomma sergent. A la seconde bataille, à
Jaumont, dans ces carrières fameuses qui nous valu-
rent une si belle... tripotée, je fus fait prisonnier,
mais je parvins à me sauver et je rejoignis Paris.
Mon bataillon n'existait plus, je pris du service dans
la mobile avec le grade de sous-lieutenant. Je me
battis encore, témoin ce doigt qu'un coup de sabre
prussien m'enleva à Champigny. Mon doigt perdu
me valut le grade de lieutenant. A la fin du siége, la
mobile étant licenciée, je me préparais à rentrer dans

mes foyers quand la Commune éclata. Je me rendis
à Versailles. Je fus mis à la tête d'une compagnie
avec le grade de capitaine à titre auxiliaire. J'entrai
dans Paris où je fus laissé pour mort au boulevard
Voltaire. Enfin je me remis et me voilà. La commis-
sion des grades m'a conservé mon brevet de capitaine, et la croix, enfin, m'a été accordée. Aussi
maintenant, mes amis, je crois à tout, à l'amitié, à
l'avenir, à l'éternité, voire même aux femmes.

ROBERT. — Bravo, cher ami, bravo. Tu seras
général un jour.

LUCIEN. — Oui, si Dieu me prête vie!

PAUL. — Charpenté comme tu l'es, mon cher,
mais tu vivras cent ans.

LUCIEN (riant). — Oh! oh! Parole de médecin.
Autant en emporte le vent.

ARMAND. — C'est à ton tour, Gabriel?

GABRIEL. — Oh! moi, j'ai fait bien des choses.
D'abord je fis du commerce, mais un deuil de famille
me fit changer d'idée, j'étudiai la chicane. Or, la
chicane me laissait des loisirs, car je n'étais pas une
nature processive, et j'en profitai pour apprendre la
vie, en m'amusant, assez, mais pas trop, quoi qu'on
ait dit. Puis la guerre arriva, comme beaucoup, j'ai
cru que *c'était arrivé*, j'ai fait tout ce que je pouvais
faire pour me rendre utile. Je fis trop, car après le
siége je tombai malade, et la maladie m'a tellement

secoué qu'elle m'a interdit pour longtemps encore toute fatigue corporelle. Alors je me suis lancé dans l'étude, j'ai lu, beaucoup lu, et comme j'avais suffisamment vécu, que je voyais juste, je me suis mis à écrire. Loin de briguer les palmes académiques, je n'ai qu'un but, distraire mon lecteur, l'intéresser si c'est possible, et le moraliser en même temps, en lui présentant les choses sous leur véritable jour. Quand je réussis, je suis heureux parce que je suis récompensé. Parfois je suis léger dans mes écrits. Bah! ne faut-il pas rire? et du moment que je ne suis pas immoral cela suffit. Si je suis mordant, ce n'est pas ma faute, c'est qu'on me donne quelque chose à mordre. Je peins ce que je vois, j'écris ce que je sens. Voilà tout mon talent. C'est peu, mais je m'en contente.

Yves. — Maintenant que nous avons tous mis nos cœurs à nu, nous pouvons avouer, entre nous, que nul n'a tenu sa promesse.

Tous. — C'est vrai.

Robert. — Cela ne prouve qu'une chose, c'est que, comme l'a si bien dit ce bon Lafontaine,

> . . . . Il ne faut jamais
> Vendre la peau de l'ours qu'on ne l'ait mis par terre.

Gabriel. — Ou bien encore : *l'homme propose et les événements disposent.* Sur ce à nos santés.

Tous. — A nos santés!

Et l'on choqua les verres.

Ne disons donc jamais : Je ferai ceci, je ferai cela, car nous ne pouvons répondre de rien, sachons tirer parti des circonstances quand elles se présentent, c'est tout ce qu'il faut. Les deux conversations authentiques que je viens de rapporter en sont la preuve.

UNE PARTIE FINE.

I

Ɔ est à la fin d'avril, le temps cette année-là est magnifique, le printemps règne en maître, partout on voit les trésors que son doigt magique a répandus sur la nature. A Paris même, la brise est fraîche, on respire des parfums vagues, échappés d'un lointain verdoyant, les feuilles des arbres chétifs du boulevard commencent à pousser avec peine, les arrosoirs publics sillonnent lentement la chaussée, en éclaboussant les passants, qui bayent aux corneilles.

Les petites ouvrières, qui regagnent l'atelier après leur déjeuner de midi à la crémerie, ont arboré les couleurs tendres, leurs cheveux *parisiennement* relevés flottent en folles mèches sur leurs épaules que laisse entrevoir un corsage de tulle très-clair, leurs petits pieds trottent sur la pointe, pour éviter la crotte du macadam, sur leurs lèvres éclatent les rires argentins de la jeunesse et de l'espièglerie.

Les flâneurs, cigare aux dents, stick à la main, regardent ces petites ouvrières en esquissant un sourire et passent, ou les suivent en rêvant aux fines bottines et aux bas bien tirés, qu'il serait si bon de voir demain dimanche courir à travers champs, en pleine campagne.

Léon, qui n'est pas un flâneur pourtant, revient, lui aussi, de déjeuner, il aperçoit ces jeunes filles au minois chiffonné, aux toilettes printanières, et, tout comme les flâneurs il rêve campagne, grand air, forêt, oiseaux, promenade à deux sous les grands arbres, serrements de main furtifs, baisers étouffés.

Il arrive ainsi à son bureau en mâchonnant sa cigarette éteinte, et s'installe devant le pupitre où la besogne est entassée.

Par ce beau temps, tous ces papiers l'effrayent. Il en voit une montagne, quand il n'y en a qu'un petit tas. Comment va-t-il venir à bout de tant d'ouvrage? se dit-il, en pressant de sa main son front chargé de nuages.

Enfin, il se raidit contre cette somnolence, qui n'est au fond que le réveil de la nature au sortir de l'hiver, et il se met à la besogne.

Peu à peu sa figure se déride et, si nous l'écoutons

attentivement, nous entendrons des bouts de phrases à peu près incompréhensibles comme ceux-ci :

« Ce serait une idée!... Puis : huit et quatre font douze, et sept : dix-neuf, et cinq : vingt-quatre. Je pose quatre... ah! si j'avais fini de bonne heure!... et je retiens deux... on pourrait y aller dîner... deux et un... trois... cinq... neuf... onze : cent quatorze... A quelle heure sont les trains?... voyons... quatre heures cinquante-cinq... c'est trop tôt... ah! cinq heures trente ferait mon affaire... oui :... car, huit heures vingt serait trop tard : on arriverait pour se coucher; tandis qu'en arrivant à sept heures et demie on a le temps de dîner, et de faire une bonne promenade avant de se mettre au lit... C'est dit... vite à l'ouvrage... ah! un mot à Blanche!... Au fait, non, ça la surprendra... »

Et tout en chantonnant, mon Léon continue ses additions avec un entrain magnifique et quatre heures arrivent sans qu'il s'en aperçoive. Tout son travail est fait, son courrier est parti, ses ordres sont donnés.

Il ferme son pupitre, passe ses mains à l'eau, coiffe son chapeau d'un air vainqueur, prend sa canne et quitte joyeux son bureau après avoir allumé une nouvelle cigarette.

Dehors, il rit à lui-même, il a même un certain air narquois en passant auprès des bons bourgeois que leurs travaux condamnent au *Paris-forcé*, même le dimanche.

— C'est égal, c'est une bonne idée, Blanche va être bien surprise. Elle ne m'attend pas... si elle allait ne pas vouloir... allons donc c'est impossible... ah ! nous allons passer deux bonnes journées,... car lundi c'est fête... pas d'affaires.

Et encore plus joyeux, Léon fait un moulinet avec sa canne, laquelle va frapper un monsieur qui le regardait venir depuis un instant.

— Pardon, monsieur... Tiens, Frédéric !

— Que diable fais-tu à gesticuler ainsi : tu parais tout... drôle.

— Moi... vraiment ?

— Mais oui... qu'as-tu ?

— Rien, mon vieux, rien, mais je n'ai pas le temps, adieu !

— Où vas-tu donc ?

— A la campagne, passer deux jours.

— Bah ! vraiment !

— Oui, en partie fine, chut... au revoir.

Et Léon s'éloigne en courant.

Frédéric, ahuri, le regarde partir et murmure : « En partie fine ! Déjà, après deux ans de mariage c'est roide. »

Après quoi, à son tour il reprend sa marche.

Léon est arrivé chez Blanche. Blanche est une

charmante enfant, élancée, bien prise, gracieuse au possible et presque aussi brune que l'ébène.

— Toi !... je ne t'attendais pas... s'écrie-t-elle en le voyant.

— ... Pas de temps à perdre, chère amie ! Tu vas bien ? Oui, alors dépêchons-nous...

— Qu'y a-t-il donc ?

— Tu le sauras plus tard, habille-toi vite... Toilette de campagne...

— Je ne comprends pas...

— Tu n'as pas besoin de comprendre. Donne-moi le sac de nuit...

— Tu es fou ?

— Peut-être, avec un nécessaire de toilette... Bien. A propos... prends du linge nécessaire pour deux jours...

— Nous allons en voyage ?

— Cela se pourrait... Parfait. Maintenant habille-toi. Je vais préparer mes affaires... Dis à ta bonne que tu ne dînes pas ici.

Blanche, toute interdite, prévient la bonne et s'habille à la hâte. Elle est inquiète ; dans son trouble, elle mêle les cordons, embrouille les lacets ; et dans sa précipitation elle casse deux boutons à ses bottines.

Léon, au contraire, s'habille en chantonnant et en riant sous cape.

— Je suis prête, Léon !

— Moi aussi : descendons.

Ils descendent. Une voiture passe.

— Hé ! cocher !

— Voilà, bourgeois.

— Monte, Blanche... Cocher (*tout bas*), gare de Lyon.

La voiture roule, Blanche n'ose parler ; cependant, quand elle voit le fiacre suivre les quais, elle se décide.

— Où allons-nous donc, Léon ? dit-elle.

— Au bout du monde, ma chérie !

— Au bout du monde ! ! !

On est arrivé à la gare, Blanche descend et donne le bras à Léon qui tient la valise.

Quelques instants après, le train quitte la gare, filant rapidement à travers la campagne.

II

Passons sur les incidents de la route qui n'ont d'ailleurs aucune importance et rejoignons nos voyageurs à Fontainebleau.

Comme deux amoureux qu'ils sont, ils ont choisi

l'Hôtel de *France et d'Angleterre,* c'est-à-dire un hôtel tranquille, mais où l'on est très-bien.

Ils se sont fait servir à dîner dans leur chambre, dont les fenêtres, grandes ouvertes, leur laissent voir les derniers rayons orangés du soleil, qui se couche derrière les grands arbres du parc. La brise est douce et parfumée de senteurs enivrantes.

Léon prend Blanche par la main et l'amène à l'une des fenêtres.

— Es-tu contente, ma belle aimée ? Cela te fait-il plaisir d'être ici, en plein air, au lieu d'être enfermée entre quatre murs, à Paris ?.

— Je crois bien, puisque nous sommes ensemble.

— Tiens, tu es gentille à croquer ! A table, et après, nous irons nous promener en forêt.

Sitôt dit, sitôt fait. On s'embrasse comme le font des amants, et grâce au grand air on dévore. Le repas est vite achevé. Blanche s'enveloppe d'une longue mantille, et vive, alerte, elle prend le bras de Léon.

Ah ! la belle promenade !

Le jour baisse, c'est l'instant de recueillement qui précède la nuit, Blanche et Léon errent sous les grands arbres de la forêt, se tenant étroitement enlacés, et sans parler. Ils admirent, ils subissent ce charme étrange, si bien dépeint par Lamartine, de l'heure crépusculaire.

Il est pour la pensée une heure... une heure sainte,
Alors que, s'enfuyant de la céleste enceinte,
De l'absence du jour pour consoler les cieux
Le crépuscule aux monts prolonge ses adieux.
On voit à l'horizon sa lueur incertaine
Comme les bords flottants d'une robe qui traîne,
Balayer lentement le firmament obscur
Où les astres ternis revivent dans l'azur !

... Parfois, de grandes ombres, projetées en avant, effrayent Blanche qui se serre alors plus près de Léon, mais on approche, et là, où elle croyait rencontrer un fantôme, se trouve le tronc noueux et capricieusement penché d'un chêne séculaire, ou d'un bouleau blanchâtre, la terreur fugitive disparaît et l'amoureuse enfant s'abandonne à nouveau au bras qui la guide.

L'ombre se fait, les oiseaux de nuit jettent leur cri dans l'espace. La lune répand sa lumière douce sur la forêt, et ses rayons, tamisés par les branches, éclairent le chemin dont la mousse moelleuse paraît floconneuse et phosphorescente. On dirait un tapis de lucioles brillantes qui s'étend sous les pas.

Nos amants vont toujours... à pas lents. La sérénité de l'atmosphère, le calme de la nuit, le silence profond du bois, seulement troublé par le frissonnement des feuilles, les pousse à s'ouvrir leur cœur. A voix basse, ils se font des aveux. En se serrant la

main, ils font des rêves d'or. Leurs yeux se cherchent,
se trouvent et disent: amour. Alors leurs lèvres mur-
murantes s'arrêtent pour se voler des baisers.

Dans la grande majesté de cette nature endormie,
au milieu de cette nuit étoilée et tiède, sous cette ra-
mée ombreuse, à travers ces arbres feuillus par le
printemps, tout parle à nos amants de jeunesse, d'avenir et de volupté.

Oh! la belle promenade!

.   .   .   .

III

Le lendemain, soit que les voluptueuses heures de
veille se fussent prolongées très-tard, soit que la fatigue les ait retenus au lit, nos amoureux se lèvent
quand le soleil est déjà au quart de sa course. Il est
neuf heures.

A peine éveillés, ils sautent à bas du lit, le grand
jour les éblouit, et c'est avec incrédulité qu'ils voient
l'heure.

Bientôt ils sont prêts à partir.

Les voilà montant dans un élégant panier. Qu'ils
sont charmants! que les vingt-deux printemps de

12

Blanche sont gracieux, comme cette simple robe de toile écrue lui sied, et comme ce coquet chapeau, avec son grand voile, lui donne un air cavalier et mutin!... Heureux Léon, va!

La voiture file et entre bientôt sous bois.

— Où allons-nous déjeuner, mon ami?

— Dans un endroit fou, ma chérie. Au milieu d'une population de sauvages.

— De sauvages!

— Oui, à Barbizon! Le pays aimé des peintres. Un endroit délicieux, mais que l'on croirait à 5oo lieues de Paris, tellement il sent le fin fond de la province.

— Vraiment?

— Vraiment. Seulement les habitants, les artistes sont les meilleures gens du monde, gais et spirituels ils aiment à chanter, rire et boire.

— Nous allons nous amuser alors.

— Je l'espère.

La forêt n'était plus la même que cette nuit. Les dernières gouttes de rosée étaient bues ce matin par les bienfaisants rayons du soleil. Les oiseaux vole-taient de branche en branche en égrenant leurs joyeu-ses notes, sous la direction magistrale de leur élé-gant chef d'orchestre le rossignol, qui filait ses sons les plus aigus, ou modelait ses roulades les plus légè-res. L'herbe était émaillée de milliers d'insectes qui s'enfuyaient devant le pied des chevaux, et les mille petites fleurs de bruyères avec les boutons d'or, les myosotis et les pâquerettes piquetaient la mousse touffue de couleurs tendres. De temps à autre, un chevreuil ou un cerf sautait rapidement l'allée devant la voiture, ou, surprise dans son repos, une biche regardait, de ses grands bons yeux étonnés, le panier qui passait rapide à côté du taillis qui l'abritait. Alors nos amoureux riaient, s'amusant de ces bonds, de ces regards curieux, c'est qu'ils étaient sous une autre impression que celle de la nuit dernière.

● A côté du rêve, ils nageaient maintenant en pleine réalité. Leurs yeux voyaient à cette heure, et à peine une chose était-elle vue, que la parole la traduisait. C'était un flot de questions et de réponses. On eût dit, à les voir ainsi, que le monde n'existait pas pour eux et que, retranchés dans leur propre bonheur, ils ne vivaient que par eux et pour eux. Ils jouissaient de la liberté, comme si la liberté leur fût interdite d'ordinaire, ou comme s'ils faisaient quelque chose de défendu. C'était à coup sûr des amants heureux de s'aimer par hasard, ou une épouse en rupture de ban conjugal avec son amoureux. En un mot, ils semblaient, en s'aimant ainsi, manger la pomme de notre mère Ève.

A Barbizon, Blanche et Léon s'installèrent pour déjeuner chez le père Ganne, au milieu d'une société de peintres, tous plus spirituels les ùns que les autres. Je ne sais si c'était l'effet du printemps, mais ce jour-là les artistes étaient d'une gaieté folle. Dire les utopies insensées qu'ils soutinrent, les bons mots qu'ils se lancèrent, les fines reparties qu'ils échangèrent, les lazzis et les rires qui se croisèrent par la salle, serait impossible.

Blanche, qui avait laissé à Paris toute pudeur outrée, s'amusa franchement de ce jeu d'esprit qu'elle ne comprenait pas toujours, mais qui, pourtant, la faisait rire, elle ne fut nullement choquée des termes rabelaisiens qui s'échappaient parfois de ces lèvres mordantes. Elle avait le bon esprit, en femme d'élite qu'elle était, — de se mettre au niveau de la société dans laquelle elle se trouvait momentanément, de rire sans vergogne de ce qui était risible et de ne pas rougir au mot léger qui aurait pu l'effaroucher ailleurs.

Après le repas, on reprit la promenade. A pied cette fois, et suivis par la voiture, Blanche et Léon erraient sous bois dans les petits sentiers ombreux, Blanche avec le sourire aux lèvres, et jouant avec son chapeau qu'elle tenait à la main, et Léon cinglant de sa canne les verts buissons dont les feuilles s'envolaient détachées par le jonc.

Tout ce jeu entremêlé de demi-confidences, d'a-partés, de regards infinis.

— C'est égal, si on nous voyait, disait Léon.

— Nous ne faisons pas mal.

— Certes non. Cependant il y a toujours des sots qui trouveraient à redire.

— Laissons dire les sots. C'est si bon d'être à soi tout à fait, de n'avoir personne qui vous dérange, de s'aimer enfin libres de tout et loin de tous.

— Oui, c'est bon, mignonne!

IV

Le soir, après dîner, ils allèrent se reposer dans le parc, s'amusèrent à jeter du pain aux carpes du bassin, Blanche espérant toujours apercevoir la fameuse carpe qui porte au nez l'anneau mis, dit-on, par François Ier.

Dans ces jardins princiers, devant ces quinconces séculaires, les souvenirs historiques traversèrent l'esprit de nos amoureux. Ils divaguèrent deux heures durant sur les folles amours qu'avaient abritées ces arbres. Sur celles de Henri II et de Diane de Poitiers, sur celles de Henri IV et de Gabrielle d'Estrées.

Puis, reposés, il rentrèrent à l'hôtel.

Le lendemain, ce fut une course désordonnée à travers la forêt. Levés dès l'aurore, ils avaient parcouru, le matin, les sentiers pittoresques et variés de la granitique vallée de la Solle, et visité successivement le rocher de Saint-Germain, la Roche qui branle et la Roche qui pleure, et étaient arrivés pour déjeuner à Franchard, où des petits mendiants leur avaient offert des couleuvres apprivoisées.

Après un copieux repas servi sous les arbres, ils avaient sillonné les gorges de Franchard, aussi sauvages et aussi pittoresques que les gorges d'Apremont, qu'ils visitèrent ensuite. Ils s'étaient arrêtés à la fameuse caverne des voleurs, et Léon, avec son esprit primesautier, en avait profité pour raconter à Blanche les exploits les plus abracadabrants de cette bande de coquins fantastiques. Puis, reposés, ils avaient repris le chemin de Fontainebleau.

Dans ces deux journées si bien remplies, ils avaient vu également la futaie du Gros-Fouteau, la tillaie où se trouvent les fameux chênes : le Pharamond, le Buffon, les deux frères; le Bas-Breau et la Gorge aux loups. Enfin, épuisés, rompus, moulus, ils faisaient leurs préparatifs de départ.

V

Ce soir-là, à dix heures et demie, un jeune homme

se promenait sous la vérandah de la gare d'arrivée à Paris, attendant le retour d'un ami qui venait de Nice. Le train était en retard et notre promeneur maugréait d'attendre, enfin le sifflet retentit, le train entra en gare.

Les voyageurs se pressèrent aux portes de sortie pour prendre des voitures.

Léon et Blanche, bras dessus bras dessous, parurent accompagnés de l'ami de notre promeneur qui les quitta sitôt qu'il vit qu'il était attendu.

Après les premiers serrements de mains :

— Ce sont des amoureux que tu viens de quitter, dit notre promeneur.

— Tu crois ?

— Sans nul doute, le monsieur a l'air trop heureux. C'est un amant avec sa maîtresse, ça se voit.

— Tu as ma foi raison !

— Qui est-ce... le monsieur ?

— C'est Léon Wezed, un de mes amis, avec sa femme.

— Sa femme... sa vraie ?

— Certainement sa vraie. Cela t'étonne.

— Un peu.

— Tu seras bien plus étonné, quand tu sauras qu'ils reviennent de passer deux jours à Fontainebleau, une vraie partie fine, comme deux amoureux qu'ils sont.

— Et ils sont mariés ?

— Ils sont très-bien mariés, et Léon en homme sage a fait de sa femme sa maîtresse. De temps à autre, pour rompre la monotonie du mariage, il leur prend une envie mutuelle de donner des coups de canif dans leur contrat. Le mari et la femme disparaissent pour faire place aux amants ; la femme trompe son mari avec son amant qui est son époux, et le mari trompe sa femme avec sa maîtresse qui est son épouse.

— Charmant un mariage comme ça alors !

— Je crois bien, surtout après deux ans de ménage.

— Deux ans!!! tant que ça... Décidément je vais me marier.

— Tu feras bien.

— Merci.

Et nos deux amis descendent la rue de Lyon, tandis que Blanche et Léon, rentrés chez eux, ne se doutent pas qu'ils ont fait des envieux.

L'ANNIVERSAIRE.

I

LE PÈRE RATINEL.

L est une mode bizarre, parfois burlesque, contre laquelle crient, sans trop savoir pourquoi, jeunes gens et hommes mariés, les premiers jurant qu'ils ne la suivront jamais, les seconds furieux en général de l'avoir suivie.

Je veux parler de la mode de se marier, de cette mode excellente, quoi qu'on dise, et qui est la meilleure que l'on ait jamais inventée. Cette assertion peut paraître étrange, elle n'est pourtant que vraie, seulement — ah! il y a un seulement! — seulement, il s'agit de suivre cette mode comme on suit celle du vêtement, c'est-à-dire ne jamais en prendre les excentricités. En un mot, il faut s'habiller à sa taille et à sa tournure, comme il faut se marier selon ses goûts et suivant son tempérament. Rien n'est plus simple à première vue et surtout en théorie, mais en pratique la thèse change et la difficulté commence.

C'est pour cela que les jeunes gens, qui connaissent la théorie, mais que la pratique effraye, crient contre le mariage tant qu'ils sont à marier, de même qu'après quelques années de ménage ils crient encore, parce qu'après avoir bu le miel que leur a versé leur femme pendant ce temps, ils ne trouvent plus sur leurs lèvres que l'amertume de l'aloès, comme dit Socrate. Qu'est cette amertume? La satiété : c'est que les gourmands ont mangé trop vite, voilà tout !

Mais alors pourquoi ces gourmands se sont-ils mariés? Pourquoi ? mais ils n'en savent rien eux-mêmes; témoin mon ami Lucien, qui se trouve encore très-étonné, après un an de ménage, d'être marié à une charmante femme, qui convient en tous points à son caractère, à ses idées et à son tempérament.

Cependant, me direz-vous, il doit savoir comment cela lui est arrivé? Est-ce un... accident, un... malheur, ou une... chance !

D'abord je commencerai par vous dire que c'est une chance. Cela dit, je vais vous raconter comment cela lui est arrivé. C'est peut-être l'histoire de bien des mariages, mais qu'importe, ce ne sera pas l'histoire de tous, puisqu'il y en a beaucoup de malheureux et que celui-ci est heureux. En tous cas mon ami s'est marié en connaissance de cause. Il savait parfaitement ce qu'il épousait tant au physique, — ce qui est très-important, — qu'au moral, ce qui l'est aussi.

Voici l'aventure :

Un beau matin de juin 1874, Lucien s'était réveillé de bonne heure. Un rayon de soleil bien gai et bien doré, ayant subitement pénétré dans sa chambre, avait fait ce miracle. Lucien avait donc étendu les bras, bâillé une dernière fois et s'était levé. Une fois debout il était allé au-devant de l'indiscret rayon, avait ouvert sa fenêtre, et était monté sur son balcon. Là, il avait regardé devant soi.

Au bout de quelques instants, il avait croisé les bras et s'était adressé les compliments suivants :

— Mais je suis un idiot, une brute, un stupide animal ! Quoi, par un temps pareil, en plein mois de juin, je suis à Paris, planté sur un balcon, à voir lever l'aurore sur des toits, à voir le soleil sortir d'un horizon de cheminées, tandis que je pourrais... mais oui : rien ne me retient... au contraire tout le monde a quitté Paris. Décidément c'est trop bête ! Et pourquoi ne suis-je pas parti plus tôt ? Encore une fois qu'est-ce qui me retient ? Ce qui me retient ! parbleu, c'est *Tronquette,* la polissonne de petite *Tron-*

quette!... Pourquoi me retient-elle au fait? Ne suis-pas maître de mes actions? Après tout, le changement d'air me fera du bien... je pourrais l'emmener... L'emmener? ah non, c'est cela qui serait encore plus bête... *Tronquette* restera à Paris. Je trouverai un excellent prétexte pour partir seul, car c'est dit je pars.

L'angélus résonna à l'église voisine.

— Décidément les cloches sonnent faux à Paris; elles seront plus justes à la campagne demain. Rentrons.

Lucien rentra et se plongea dans son guide Joanne, qu'il étudia avec un soin tout particulier. *Grandes bourses, bourses moyennes, petites bourses*, tels furent les mots qui passèrent devant ses yeux à chacun des ports de la Manche que recommandait Joanne.

Son choix fut pourtant vite fait. Il ferma le guide, écrivit plusieurs lettres, sonna son domestique, lui donna les lettres à porter, puis, satisfait, alluma une cigarette en fredonnant :

De la Mère Angot
J'suis la fille (bis)
Et la fille Angot
Tient de famille (bis).

Voilà le premier pas que fit mon ami Lucien dans la voie du mariage.

Le lendemain, il était installé dans un hôtel confortable de l'une de nos plages normandes, et sa toilette de voyage changée, il se promenait joyeux sur le sable, perdant ses yeux sur les petits nuages flottant à l'horizon, noyant son regard dans les vagues bleues de la Manche.

La *petite Tronquette* était loin de son souvenir, aussi jouissait-il de sa liberté en véritable *dilettante*. Curieux comme un parisien, il examina bientôt les dames qui se mettaient au bain. Que de Suzannes !

« Cette année-là, comme le dit si spirituellement Bertall, la plage était abondamment garnie. Il y avait de tout, des brunes, des blondes, des rousses, des vigoureuses, des mignonnes, des longues, des courtes, des trapues, des gracieuses et des paquets, des élégantes et des vulgaires. »

Lucien, les premiers jours, regarda cette exhibition par pure curiosité, par désœuvrement, puis bientôt avec intérêt, car il avait remarqué une blonde, une brune et une rousse tout à fait charmantes à l'œil ; enfin, comme la teinte des cheveux lui était indifférente, il finit par les examiner avec des yeux d'explorateur presque amoureux.

Ma foi, oui, sans s'en douter, il était devenu amoureux inconscient de ces trois grâces. Il les aimait in-

13

distinctement, aussi bien l'une que l'autre; mais, surtout quand elles étaient en costume de bain, parce que là, il n'y avait aucune supercherie, au moins le croyait-il. La brune était splendide quand, menée *à la lame* par le père Ratinel, le baigneur, elle revenait ruisselante d'eau et le costume collant au corps s'asseoir fatiguée sur le sable. La blonde était gracieuse en recevant... comment dirai-je... en recevant... diable, c'est difficile, en recevant le seau d'eau du père Ratinel sur... sur le *bas du dos*. Enfin la rousse était langoureuse quand le père Ratinel, la tenant sur ses bras... l'heureux mortel! lui disait : « Attention, mam'selle! une, deusse... v'lan! » et lui entrait la tête la première dans l'eau salée !

Mais laquelle choisir des trois? Il y avait de quoi être fort embarrassé et Lucien l'était. Les familles étaient charmantes, les positions égales, et, au moral, tout paraissait devoir convenir à mon ami, mais lui ne songeait pas sérieusement au mariage.

— Pourquoi se marier d'abord? Rien ne presse, disait-il, étudions, voyons, examinons. Rendons-nous compte de la situation.

Lucien comptait sans la fatalité qui lui apparut, un jour, sous les traits de Ratinel le baigneur. Certes il ne la cherchait pas cette fatalité, le hasard seul avait ménagé cette rencontre. D'ailleurs pareille rencontre n'engageait à rien, au premier abord. Et si

Lucien causa avec Ratinel, ce fut sans arrière-pensée, tout simplement pour tuer le temps. Or voici ce qui se dit, ou à peu près, car je n'ose reproduire *in extenso* les paroles imagées du baigneur normand :

— Eh bien ! père Ratinel, vous vous reposez ?

— Oui ! m'sieu. Il n'est que temps. Deux marées par jour, c'est ça qu'est éreintant.

— Tous les jours il y a deux marées pourtant ?

— C'est vrai, m'sieu, mais ça change d'heure. Que l'une soit trop tôt ou trop tard, on ne se baigne qu'à l'autre.

— En effet.

— Heureusement que j'ai mes fils qui m'aident, sans ça je serais mort.

— Il y a longtemps que vous faites le métier de baigneur.

— Vingt ans, m'sieu, j'ai succédé à mon père.

— Quel âge avez-vous donc ?

— Quarante-cinq ans, m'sieu, mais j'parais plus, c'est le métier qui veut ça, il nous use avant l'âge.

— Vos enfants sont bien jeunes ?

— Ça n'y fait pas, m'sieu, y m'aident tout de même, et plus tard, ils me succéderont tout comme moi j'ai fait. Pour le moment, le plus jeune garde le *picoteux* pour les personnes qui veulent piquer une

tête, et l'aîné, qui a dix-huit ans, conduit les mamans.

— Ah ! les mamans !

— Dame, j'peux pas lui confier des *junesses*,
n'est-ce pas ? et puis les dames, les jeunes, n'en vou-
draient pas à c't heure.

— Toutes ne seraient peut-être pas de cet avis ?

— J'dis pas non, mais n'en faut pas, parce que le
grand, j'le connais, y se laisserait faire et crac un
beau jour, il ficherait le camp ou on l'enlèverait, car
il est beau gars.

— Vous croyez ?

— J'en suis certain. Je vois *ben* ses yeux qui s'é-
carquillent quand par hasard et pour me reposer il
prend une de mes clientes... C'est vrai que j'ai le soin
de lui colloquer les plus laides... pourtant queuque-
fois ce sont les plus dangereuses.

— Allons donc, vous voulez rire, père Ratinel ?

— Non, m'sieu, aussi vrai que nous sommes deux
assis là, côte à côte. C'est que depuis vingt ans que
je fais le métier, j'en ai vu de drôles allez.

— Des femmes ?

— Oh ! des femmes, des filles, des jeunes gens, des
hommes, des moutards et aussi des vieillards qui venaient se faire doucher pour retrouver leur vigueur !
Malheur ! comme si ça se retrouvait une fois à soi-
xante-dix ans !

— Savez-vous que, malgré ses ennuis, votre métier a bien des charmes et que vous êtes un heureux
mortel de voir de près et de toucher même autant de
jolies femmes.

— Dame! ça, c'est dans le métier, vous savez.

— Ainsi tantôt je vous examinais et, successivement, trois charmantes jeunes filles ont passé par
vos mains.

— Ça n'y fait pas, m'sieu. On se bronze, allez, et
pour moi, c'est pas des femmes.

— Ah, bah! même quand elles sont gentilles,
comme les trois de tantôt?

— Lesquelles trois?

— D'abord une blonde bien prise, la jambe fine.

— Ah! oui! mam'zelle Mathilde. Ah, ben!
m'sieu, là vrai, moi qui la connais, oh! non.

— Qu'a-t-elle donc?

— Est-ce que m'sieu la connaît?

— Aucunement, ni les unes ni les autres, d'ailleurs.

— Celle-là, m'sieu, c'est celle qui a un costume
long, n'est-ce pas?

— Oui.

— Eh ben! c'est pour cacher ses flûtes et puis
vous savez, ça n'a pas de croupe, comme on dit dans
le pays, ça n'a pas de sang.

— Ah! ah!... heureusement que la rousse n'est

pas de même, elle porte un costume court celle-là, et elle paraît faite...

— Pas mal, pas mal... seulement, elle a une espèce de corset sous son costume, alors ça va tout seul. Le jour où elle l'oublie, malheur! ça ne va plus, c'est plus la même, elle ne bouge plus; et puis pas un cheveu, aussi elle met un bonnet, tandis que celles qui ont des cheveux à elles mettent un chapeau.

— Comme la brune, par exemple?

— Oui! comme la brune, c'est vrai; ah! celle-là faut pas en dire de mal. Elle est complète.

— Comment complète.

— Oui! m'sieu, complète. Du cheveu, de l'œil, de la dent et de tout.

— De tout?

— Oui.... oui... Vous la connaissez pas au moins?

— Mais non encore une fois.

— Eh ben! celle-là, entre nous c'est la mieux, foi de Ratinel!

— Pas de corset?

— Pas plus que sur ma main, m'sieu, et c'est ça, faut voir!

— Et pas de flûtes?

— Oh! que nenni, une jambe fine, mais de sang celle-là, allez, je m'trompe point, ça a de la vigueur. Et la croupe donc. C'est ça qu'est réussi, une vraie croupe normande quoi.

— Mais comment savez-vous ?

— Oh! ça, m'sieu, c'est pas ma faute. Un jour que je la croyais partie, j'ai ouvert sa cabine et dame... j'ai vu.

— Sommes toute une femme complète ?

— Oh ! pour ça, oui, m'sieu, ben complète, j'en réponds, et puis pas chipie, celle-là ; bonne fille, au contraire, ben polie, ben douce, et ben généreuse. Aussi je la surveille ben, et s'il arrive jamais un malheur à queuqu'une de mes baigneuses, ce ne sera pas elle, j'en réponds, j'ai trop l'œil sur elle. Pauvre mam'selle Suzanne, s'il...

— Ah ! elle s'appelle Suzanne.

— Oui, m'sieu : Suzanne.

— Décidément, père Ratinel, c'est agréable de causer avec vous ; on apprend toutes sortes de choses intéressantes. Tenez, pour la peine fumez ce cigare à ma santé.

Lucien tendit un régalia à Ratinel.

— Oh! merci ben, m'sieu, merci ben, j' n'espérions point ça, c'est trop cher pour nous.

— Non, non, prenez et au revoir!

— Au revoir, m'sieu...

Tel est le second pas de mon ami Lucien dans la voie du mariage.

II

LA PETITE MULE DE CUIR DE RUSSIE NACARAT.

Lucien avait quitté le père Ratinel et regagné lentement son hôtel.

Il dîna mal, très-mal, des mots bizarres lui échappaient : complète... bah!... croupe normande... c'est ça! du sang, de la vigueur... etc., etc. La conversation du tantôt lui revenait par bribes et le préoccupait étrangement, pendant ce temps il ne mangeait pas.

Le soir il y avait bal au Casino, il y alla.

Placé le plus près possible des danseuses et des danseurs, notre ami examinait les couples qui passaient devant lui et cherchait à se rendre compte de la vérité des paroles de Ratinel.

— Comment ma blonde avec une si belle tournure apparente n'a pas de... croupe... c'est pardieu vrai, ça se voit quand elle danse... Ah! voilà ma rouge... saperlotte, Ratinel a raison, en mazurkant... malgré le corset. Et quels cheveux, quand on pense que tous ces beaux cheveux rouges sont achetés ! En a-t-elle ! elle est comme Bias, elle porte sa fortune. C'est malheureux ! toutes deux sont pourtant bien

jolies. Diable de Ratinel va ! qui ma enlevé mes illusions... Ah ! voilà ma brune... décidément c'est encore la mieux... quelle élégance, quelle grâce, quel
feu dans le regard et elle est complète... Ratinel me
l'a affirmé, complète !

Certes c'est la plus jolie personne que j'aie jamais
vue. Ah ! l'adorable pied, et comme il est chaussé !
avec quel art : une mule de cuir de Russie nacarat !
Mais c'est tout un poëme, cette mule ! oh ! je donne-
rais.... je ne sais quoi pour l'avoir, pour lui causer...
Il faut que je l'aie... et tout de suite encore !

Quelques instants plus tard, au moment du tourbillon final d'une valse, quand arriva devant lui
Mlle Suzanne, Lucien allongea un peu le pied. C'était
risquer de la faire tomber, il le savait, mais il était
là, et d'ailleurs il voulait la mule à tout prix.

Mlle Suzanne, tourbillonnant, trébucha légèrement, puis, continua de tourner, vigoureusement
entraînée par son danseur. Lucien avait réussi, la
mule avait quitté le pied mutin et s'était réfugiée
près de sa botte. Il laissa tomber son mouchoir à terre
comme par mégarde et il le ramassa en enveloppant
rapidement la mule qu'il fit disparaître dans sa poche
d'habit. Suzanne, toute rouge, avait regagné sa place
et, toute confuse, racontait sa mésaventure à sa mère.
La mère gronda bien un peu, mais quoi ! toutes deux
partirent bientôt, en n'osant réclamer l'objet perdu.

13.

Lucien, de son côté, rentra chez lui et s'enferma à double tour dans sa chambre. Alors il sortit la mule chérie de sa poche et le grand fou se mit à l'embrasser fiévreusement.

C'en était fait ; il était amoureux de la belle Suzanne à tel point qu'il causa jusqu'à trois heures du matin avec la petite mule de cuir de Russie nacarat. Ce qu'ils se dirent, nul ne le saura jamais, pourtant je suis persuadé que, tout en causant, mon Lucien fit entrer le petit pied dans la mule, et que se rappelant les paroles de Ratinel il reconstruisit en allant de la base au sommet, et par la pensée seulement, les splendeurs que lui avait si spirituellement esquissées le maître-baigneur. Oh ! les amoureux, que de folies ne commettent-ils pas ? Somme toute, ils sont pardonnables, c'est si bon d'être amoureux et ça arrive si rarement dans la vie.

Bref, la petite mule ne fut pas restituée à sa propriétaire, mais le lendemain Lucien se fit présenter à la famille de Suzanne.

C'était l'avant-dernier pas que pouvait faire mon ami Lucien dans la voie du mariage.

Cinq mois après, Lucien épousait Mlle Suzanne qu'il aimait encore plus éperdument qu'au premier jour. C'était bien cette fois le dernier pas ou mieux ce fut le saut final.

La noce fut magnifique, cela va de soi. Le repas fut

princier, on s'y attendait. Le bal fut étincelant, c'était
inévitable.

A trois heures du matin, les époux ont quitté leurs
invités pour rentrer au domicile conjugal.

Au moment où Suzanne, dans la chambre nuptiale, s'approche de la cheminée, elle pousse un petit
cri.

— Qu'as-tu, ma fille ? dit la mère étonnée.

— Vois, maman... là, sur la cheminée... le porte-
montre... le reconnais-tu?... Ma mule de cuir de
Russie.

— Celle que tu as perdue aux bains de mer ?

— Elle-même?

— Comment se fait-il.

Lucien est appelé. Il s'explique et ajoute que tous
les soirs la petite mule chérie lui tient compagnie et
lui cause de sa chère Suzanne. On le pardonne et la
maman tout heureuse quoique fort émue, ce qui est
tout naturel en un tel jour, quitte les nouveaux
mariés.

Faisons comme maman, laissons les époux seuls
à leur bonheur.

Ah ! petite mule ! si tu pouvais parler ! ! !

III

L'ANNIVERSAIRE.

Un an s'était écoulé depuis le commencement de cette histoire, ou mieux depuis le jour où Lucien avait aperçu pour la première fois Suzanne sur la plage. Cette période avait été coupée en deux par son mariage, et c'est tout en pensant à cela, ainsi qu'aux divers événements qui s'étaient succédé pour le faire passer de l'état de garçon à l'état d'homme marié, que Lucien rentrait chez lui pour dîner par une belle après-midi de juin 1875.

Suzanne, qui l'attendait, accoudée sur la barre d'appui de la fenêtre, lui fit un petit signe charmant qu'elle accompagna d'un gracieux sourire, aussitôt qu'elle le vit apparaître à l'angle de la rue.

— Ma petite femme m'attend, est-ce charmant... Délicieuse Suzanne! Que tu es bonne! se disait Lucien en pressant le pas.

Madame attendait Monsieur avec un bon baiser sur les lèvres. Monsieur reçut le baiser qu'il rendit avec usure.

— Eh bien, petit mari, qu'avez-vous fait aujour-
d'hui ?

— Ma foi, rien de bon, et toi.

— Oh ! moi, je suis restée ici. J'ai rangé, j'ai
fouillé dans mes souvenirs de jeune fille.

— Dans tes secrets ?

— Oui, monsieur, dans mes secrets... Dis donc,
petit mari ?

— Quoi donc ?

— Te rappelles-tu la date de notre première entrevue?

— Pas exactement. Je sais seulement que c'est dans
ce mois-ci.

— Voyez l'oublieux ? C'est le 25 juin de l'année
dernière. C'est-à-dire...

— Aujourd'hui alors, car nous sommes le 25.

— Il y a juste un an, petit mari, que nous nous
sommes rencontrés pour la première fois.

— Comme le temps passe ! Déjà un an !

— Déjà un an ! Déjà six mois de ménage.

— C'est pardieu vrai ! Le temps m'a paru si court
que je ne m'en serais pas douté.

— C'est aimable pour moi, cela, mon Lucien ;
aussi pour notre anniversaire, je veux te demander
quelque chose.

— Diable !

— Tranquillise-toi, ça ne te ruinera pas.

— Alors, dis vite.

— Non, tout à l'heure, à table, je ne sais comment te dire cela.

— C'est donc bien difficile ?

— Oui et non. Je cherche à bien tourner ma phrase.

L'on annonça que Madame était servie.

— Tant mieux, ainsi, je n'attendrai pas longtemps ta confidence, dit Lucien en offrant le bras à sa chère Suzanne.

Ils se mirent à table.

La rusée petite femme s'était appliquée à commander ce soir-là un dîner fin et succulent comme les aimait son cher petit mari, pour le prédisposer à lui accorder ce qu'elle voulait demander.

Aussi, au moment où Lucien arrosait d'un excellent verre de vin de Pomard un filet mignon béarnaise bien saignant, tout en s'extasiant sur la bonté du repas, prit-elle son courage à deux mains :

— Voilà ce que je voulais te demander, dit-elle, c'est de me conduire cette année aux bains de mer où nous nous sommes rencontrés ?

— Ah ! ah ! mais c'est très-facile cela, ma chérie.

— Tu m'accordes.

— Oui... Ah ! c'est-à-dire non !

— Pourquoi non ?

— Mon Dieu, ma chère amie... parce que. . parce

que nous connaissons cet endroit... parce qu'il vaudrait mieux aller en visiter un autre... Ne te semble-t-il pas ?

— Franchement je préférerais cet endroit-là. Ce serait si charmant de refaire les mêmes promenades...

— Sans doute... sans doute... cependant...

— Cependant quoi ? Celui-là en vaut bien un autre.

— Certes... je ne dis pas non... mais...

— Tu ne veux pas.

— Eh bien, non, ma chérie, je ne veux pas.

— Ah ! moi qui me faisais une fête de retourner là-bas mariée, avec mon petit mari au bras.

— Je ne dis pas, mais c'est tout justement parce que nous sommes mariés.

— J'avais promis de revenir. Le père Ratinel compte sur moi. Enfin...

— Le père Ratinel, raison de plus.

Il se fit un assez long silence. Lucien songeait et voici les réflexions qu'il faisait : « Certes non, je ne veux pas retourner là-bas... Me voyez-vous arrivant avec Suzanne et rencontrant le goguenard de Ratinel qui connaît si bien ma femme ! Pour ça, jamais ! c'est bien assez que je la connaisse... lui est de trop, oh ! oui de trop. Je ne veux pas me retrouver face à face avec lui, il rirait l'animal, j'en suis sûr, car c'est sur ses indications que j'ai épousé Suzanne... Il est

vrai qu'il ne m'a pas trompé !... complète ! Décidément, non, non. Pourquoi diable aussi les baigneurs
ne sont-ils pas muets et même aveugles? De cette
façon... pas d'indiscrétions ; oui, mais alors, sans indiscrétions, je n'aurais pas épousé, car je n'y étais
d'abord pas disposé. C'est égal, comme il a pu dire à
d'autres ce qu'il m'a dit, il serait préférable qu'il eût
été muet... D'un autre côté, je ne puis pas donner à
ma femme les raisons qui me font lui refuser... au
moins maintenant ; plus tard, je ne dis pas... Je préfère de beaucoup l'emmener en Suisse. Là, il n'y a
pas de père Ratinel.

— A quoi penses-tu donc, mon ami? dit Suzanne
interrompant ainsi ces réflexions.

— Je pense, ma bonne chérie, à t'emmener en
Suisse.

— En Suisse, mais c'est un voyage bien cher.

— Heu ! heu ! guère plus cher que l'autre. Ne dé-
sirais-tu pas visiter les montagnes ?

— Oui ! mais je n'osais te le demander.

— Qu'à cela ne tienne. C'est moi qui te l'offre afin
de me faire pardonner mon refus de tout à l'heure.

— Ah ! je te pardonne de grand cœur.

— D'autant que plus tard je te dirai pourquoi j'
t'ai refusé.

— C'est donc un secret ?

— Pour le moment, oui.

— Alors. Je ne t'en veux plus du tout, petit mari chéri, et la preuve, tiens !

Et elle courut l'embrasser bien fort.

. . . .

Voilà pourquoi Lucien, grâce à Ratinel, ayant épousé une femme selon ses goûts et son tempérament, n'a pas été trompé au physique et qu'il est heureux en ménage.

D'où je conclus qu'il faudrait bien souvent consulter un père Ratinel quelconque avant de se marier, pour être sûr que la femme que l'on prend est bien une femme et non une simple poupée bien habillée et sachant dire papa et maman.

UNE ANGOISSE

———

SCÈNE DRAMATIQUE

PERSONNAGES :

M. PAUL DE BRUNELLES, jeune marié, 3o ans.

Mme JEANNE DE BRUNELLES, sa femme, 20 ans.

M. ANDRÉ, ami de Paul.

Mme MATHILDE DE BRION, cousine de Jeanne.

BAPTISTE, domestique de M. de Brunelles.

L'action se passe à Paris, de nos jours.

UNE ANGOISSE.

Un petit salon richement meublé Au fond, porte donnant sur une antichambre. A gauche, porte de la chambre de Jeanne. A droite, cabinet
de Paul.
A gauche, premier plan : chaise longue et fauteuil; deuxième plan, piano
dans un pan coupé. A droite, premier plan, une table couverte de son
tapis et deux fauteuils près de la table; deuxième plan, une console avec
des vases de fleurs. — Un paravent entr'ouvert.

SCÈNE I.

PAUL DE BRUNELLES, puis BAPTISTE.

Au lever du rideau, la scène est vide ; on entend un bruit de voix dans
la coulisse au fond.

PAUL, sortant de la chambre de sa femme.

Quel est ce bruit? (Appelant.) Baptiste! Baptiste!
Qu'est-ce que c'est?

BAPTISTE, à la porte du fond.

C'est M. André qui, malgré les ordres, veut parler
de suite à monsieur.

PAUL.

Tu sais bien que pour lui, j'y suis toujours. Laisse-le entrer.

Entre André sans être annoncé.
Baptiste sort.

SCÈNE II.

PAUL, ANDRÉ.

ANDRE, déposant son chapeau.

Ouf! Enfin m'y voilà. Ce n'est pas sans peine, ma foi! Bonjour, cher ami, comment va? Sais-tu bien que tu as un véritable cerbère pour domestique; il est à cheval sur la consigne; monsieur travaille! (Riant.) Ah! ah! Comme si l'on travaillait à neuf heures du matin, surtout quand on est marié depuis huit jours à peine.

PAUL, à part.

Déjà huit jours!

ANDRE.

Ah! çà, dis-moi : pourquoi défendre ainsi ta porte? Je suis peut-être indiscret, après tout. Serais-je venu de trop bonne heure ? Tu étais encore chez ta femme ?

PAUL.

En effet, je la quitte à l'instant.

ANDRE.

Heureux mortel, va !

PAUL.

Voyons, que me veux-tu ?

ANDRÉ.

Un peu de patience, que diable ! Laisse-moi examiner un homme heureux tout à mon aise, c'est assez rare, et... tu es heureux, n'est-ce pas ? (Paul veut répondre.) Non, tais-toi. Ce que tu pourrais dire ne m'apprendrait rien de plus que ce que je vois. (Il l'examine attentivement.) Oui ! cette figure légèrement fatiguée... ces yeux battus, cette quasi-maigreur,... (Paul veut encore l'interrompre.) Mais ne te défends donc pas. Cela n'est-il pas tout naturel en pleine lune de miel ?

PAUL, se regardant dans une glace, à part.

Le fait est que l'on pourrait croire...

ANDRÉ.

Je comprends maintenant pourquoi tu es resté
caché aux yeux du monde : le bonheur ! Allons, tant
mieux... Mais si je suis venu te déranger à une heure
aussi matinale, ne m'en veuille pas, cher ami ; il a
fallu l'inquiétude de tous tes amis, pour que, sur leur
prière, je me décidasse à forcer ta porte. Depuis le
jour de ton mariage que l'on ne t'avait vu, il était
bien permis de te croire indisposé. Heureusement, il
n'en est rien, et, Dieu soit loué, tu te portes à ravir...
et puis...

PAUL.

Et puis ?

ANDRÉ.

J'avais à te parler en particulier. Sommes-nous
bien seuls dans ce salon ?

PAUL.

Oui ! sois tranquille.

ANDRÉ, avec mystère et à mi-voix.

C'est de Julia qu'il s'agit. Elle est furieuse ! Tu l'as
quittée si brusquement qu'elle parle aujourd'hui de
vengeance.

PAUL.

La folle enfant! je l'ai oubliée, c'est vrai!... J'a-
vais bien l'intention de l'aller voir, mais... les événements!... Bah! je vais lui écrire pour la consoler.

ANDRÉ.

Ne fais pas cela, malheureux!

PAUL.

Pourquoi, je te prie?

ANDRÉ.

Pourquoi? Mais parce que ce serait faire une bêtise.
Quand on est marié, on n'écrit plus à ses maîtresses,
on va les voir. Les lettres sont trop compromettantes:
ou elles s'égarent, ou, dans un moment de colère, elles
sont envoyées à l'épouse, et on ne peut nier. Une
visite, au contraire, se nie toujours, et, quand même:
il n'y a pas de preuves!

PAUL, souriant.

Tu as, parbleu, raison; j'irai la voir.

ANDRÉ, à part.

Soit! (Haut.) Et vous ferez la paix?

PAUL.

Peut-être ! Je ne sais pas. En tout cas, annonce-lui ma visite. (Il se promène.)

ANDRE, à part.

Il en tient encore !... Je croyais pourtant bien que sa femme... enfin ! Ah ! toujours incorrigibles, les hommes ! (Haut.) A quelle heure ?

PAUL.

Mon Dieu !... dans la journée, avant l'heure du bois.

ANDRE.

Très-bien.

PAUL.

D'autant qu'il vaut mieux, décidément, lui faire comprendre que, dorénavant, je ne pourrai plus la voir, au moins aussi souvent.

ANDRE.

Parce que ?

PAUL.

Ne suis-je pas marié ?

ANDRE.

Ah ! c'est vrai. Mais pardonne-moi, car l'idée de ton mariage n'est pas encore bien entrée dans ma cervelle, non...

PAUL.

Et pourquoi ? Qu'y a-t-il de si surprenant à cela ?

ANDRÉ.

Rien, mon ami, rien... Mais, que veux-tu, c'est plus fort que moi.

PAUL.

Tu sais bien, cependant, qu'il y a six mois que cette résolution est prise. A trente ans, il n'est pas trop tôt, ce me semble. Tu fus même le premier à qui j'en parlai.

ANDRÉ.

Oui... c'est au lendemain d'une médianoche ; il me souvient que, sans crier gare, tu m'annonças que tu voulais te marier. Tu dois te rappeler, à ton tour, qu'à ces mots, je partis d'un formidable éclat de rire.

PAUL.

C'est vrai.

ANDRE.

Je ne pouvais me figurer que toi, Paul de Brunelles, notre plus fringant compagnon, tu pouvais abandonner la bande joyeuse pour t'enfermer entre les quatre murs du code civil. Toi, qui conduisais, si haut la main, ton élégant phaéton, dont le *mail* faisait sensation sur le turf, qui ne manquais jamais une *première,* qui festoyais dans ces charmants enfers qu'on nomme le grand *sept* et le grand *seize.* Toi, en un mot, qui, pendant plusieurs années, avais donné le ton, la note, en promenant ton indolence et ton blason de gentilhomme dans la poudre de riz des boudoirs fameux, dans la poussière des courses, au milieu des vapeurs enivrantes du cliquot à outrance, toi, tu voulais te marier ! (Il rit.)

PAUL.

Mon Dieu, oui !

ANDRÉ.

Et comme j'insistais pour connaître les motifs de cette brusque détermination...

PAUL.

Je te les dis, mais seulement à toi, qui étais mon seul ami, parmi tous nos camarades de débauche.

ANDRÉ.

Ah ! Paul, le mot est dur.

PAUL.

Je le retire : de plaisir, si tu préfères.

ANDRÉ.

Oui, je préfère. Nous nous comprenions enfin. Nous avions à peu près les mêmes idées, les mêmes goûts... pas au point de vue des femmes, cependant ; tu aimais les brunes et moi les blondes, heureusement ! car nous aurions fini par nous brouiller.

PAUL.

Crois-tu ?

14.

ANDRÉ.

Tu trouvais donc, ce jour-là, que la vie que tu menais, — que nous menions, si tu veux, — était par trop stupide ; qu'elle t'énervait, te fatiguait et qu'il était temps de songer au repos, c'est-à-dire, au mariage. Pour la première fois, tu trouvais que le souper de la nuit avait été ennuyeux ; comme si tous les soupers de ce genre n'étaient pas toujours ennuyeux ! Ah ! avoue, mon ami, que la nuit tu avais perdu au jeu ou fait de bien mauvais rêves, hein ?

PAUL.

Peut-être ?

ANDRÉ.

Et la preuve, c'est que, lorsque tu eus achevé ton dithyrambe sur notre existence, je ne te dis que ces deux mots : Et Julia ? Oh ! alors, tu entamas l'éternel raisonnement suivant : « Julia, mais elle fait exception, elle, c'est une femme charmante, et belle, et spirituelle, et câline, une véritable femme enfin..., et qui m'aime. »

PAUL.

C'est vrai.

ANDRÉ.

C'était vrai !... car aujourd'hui, peut-être. (Paul lève les épaules en signe de doute.) Soit... passons. Bref, tu voulais faire une fin, comme l'on dit, et avoir les douceurs de la femme légitime, tout en conservant les ivresses de la femme qui... ne l'est pas. J'avoue que c'était asez difficile. (Paul veut l'interrompre.) Oui ! oui ! Je sais ce que tu vas me dire : Tu aurais sauvegardé les apparences, les adorant toutes deux, mais chacune à son tour, sortant avec ta femme, t'enfermant avec Julia ; ne t'affichant jamais, cachant ton secret à tous, excepté à deux ou trois amis, de manière à n'être pas seul, quand il t'aurait pris fantaisie de souper, car tu aurais changé d'idée, alors, sur les soupers ?

PAUL.

Changé d'idée ?

ANDRÉ.

Certainement. Les soupers que tu faisais, étant garçon, te semblaient insipides, ennuyeux, parce que tu pouvais les faire, que rien ne t'en empêchait. Mais une fois marié, ils devenaient du fruit défendu, et conséquemment fins, spirituels. Oh ! je connais le fruit défendu. Ne suis-je pas dans le vrai ?

PAUL.

Oui et non...

ANDRÉ.

Comment, oui et non? Voyons, tu peux bien l'avouer, nous avons fait ce raisonnement ensemble, nous trouvions même d'excellentes raisons pour excuser une pareille conduite. D'un autre côté, disions-nous également, les jeunes filles d'aujourd'hui, qu'est-ce, après tout? L'innocence, la pudeur, la candeur, tout cela est charmant, c'est vrai... en théorie, mais en pratique, c'est autre chose. Pour des estomacs comme les nôtres, habitués aux choses relevées, épicées, pimentées du demi-monde, c'est nous servir du bouilli après des écrevisses à la bordelaise, c'est fade, on y goûtera, peut-être, mais à l'idée d'en manger toute sa vie... *brr !* Si encore, ces jeunes filles, au lieu de s'enfermer comme des saintes dans leur *de* nobiliaire ou dans leur robe pudique d'honnêteté, devenaient des *femmes*, et quand je dis *femmes*, tu me comprends, n'est-ce pas ?

PAUL.

Parfaitement.

ANDRÉ.

Mais non ! Elles ne veulent pas comprendre que ce qui nous charme, nous séduit dans le demi-monde, ce sont ces intentions charmantes, ces coquetteries féminines, ces paroles douces, ces soins intimes, tout ce je ne sais quoi, enfin, que nous y trouvons. Elles ne veulent pas emprunter à ce demi-monde, seulement son art de plaire, car, femmes honnêtes, elles croiraient déchoir... Quelle erreur ! Si elles faisaient ainsi, cependant, si, au lieu de nous recevoir à la maison par un « *bonjour mon ami* » tombé du bout des lèvres et froid comme glace, elles venaient se suspendre naturellement à notre cou ; si au lieu de nous engager à aller au cercle, elles cherchaient, par leurs charmes, leurs séductions, à nous retenir au coin du feu ; nous serions meilleurs, car nous nous sentirions aimés. Nous aurions des maîtresses dans nos femmes et nous n'irions pas au dehors chercher ce que nous aurions sous la main : l'amour. Mais non ! loin de là, ces innocentes se disent : « Je suis une honnête femme, comme telle et parce « que, mon mari *doit* me respecter, m'aimer, m'ado- « rer, même sans que je fasse rien pour cela. » Eh bien ! vous vous trompez, mes belles dames. Vous faites complétement fausse route ; les siècles ont marché et aujourd'hui les hommes préfèrent adorer des Vénus que de vénérer des madones en châsse.

PAUL, souriant.

Où prends-tu tout cela ?

ANDRE.

Où je le prends ? A la naissance du monde !

PAUL, riant.

Diable !

ANDRÉ.

Certainement ! Et si je remonte à la création, c'est pour te prouver que si Adam, dans le paradis, a mangé de la pomme, c'est qu'Ève, qui était une vraie femme, celle-là ! et non pas une sainte, — ça n'existait pas dans ce temps-là, — a su employer toutes les séductions féminines pour la lui faire accepter et... Dieu sait s'il en mangea. Voilà où je prends la preuve de ce que j'avance, je crois qu'on ne peut remonter plus haut. (Il rit.)

PAUL, même jeu.

Le fait est que tu vas loin.

ANDRÉ.

Nous allions loin, veux-tu dire, car, après tout, je
ne fais que répéter ce que, tous deux, nous disions
il y a six mois.

PAUL.

Permets! permets! Il y a six mois, j'étais encore
garçon, je n'avais que de vagues idées de mariage,
tandis qu'aujourd'hui, je suis marié!

ANDRÉ.

Allons donc! Et nécessairement, tu ne penses plus
de même... (Il rit.) Ah! ah!... (Sérieux.) Aimerais-tu ta
femme, par hasard?

PAUL.

Je ne sais, mais depuis qu'elle est malade...

ANDRÉ.

Comment, malade?

PAUL.

Ne le sais-tu pas?

ANDRÉ.

Non, certes, parbleu ! Et si je l'avais su... tu ne
me dis rien, tu me laisses rappeler des...

PAUL.

Oui, mon cher André, ma femme est malade. Je
pense que cela ne sera pas grave, mais cela m'inquiète.
Et, puisque tu es venu me voir, ce dont je te remercie, entre parenthèses, nous allons causer. Tu m'é-
claireras sûrement sur ma situation... mon état...

ANDRÉ.

Ta situation ! Ton état ! mais cet air que tu prends
en disant cela... Allons, voyons ! Qu'y a-t-il ?

PAUL.

Peu de chose, rien peut-être ; en tout cas, tu vas
être juge. Je te rappellerai d'abord l'histoire de mon
mariage... asseyons-nous.
(Ils s'asseyent à droite près de la table.)

ANDRE.

Soit ! J'écoute, cher ami.

PAUL.

Voici donc brièvement cette histoire. Quelques jours après la conversation que tu viens de me rappeler, je partis chez mon père, au château de Ruynes, où nous avons chassé il y a trois ans ?

ANDRÉ.

Oui ! oui ! Continue.

PAUL.

La famille de Léris était au château, lorsque j'y arrivai, c'est donc là que je vis pour la première fois Mlle Jeanne de Léris... Tu connais cette famille ?

ANDRÉ.

Parfaitement : ancienne noblesse, blason sans tache. Honnête, franc, loyal, tel était le père quand je le connus quelque temps avant sa mort.

PAUL.

Telle est la fille, avec toutes les qualités de la femme en plus. Elle a vingt ans. Tu la connais, inutile de t'en faire le portrait, mais ce que tu ignores

15

c'est que, d'une nature ardente, elle possède, quoique jeune fille, toutes les aspirations de l'épouse. Dès que je la vis, je fus frappé de sa beauté et malgré moi je subis son charme. Dès le premier jour, j'oubliai Paris et ma vie folle pour ne plus songer qu'à l'intimité charmante qui existait entre Mlle Jeanne et moi. Certes, cette intimité n'était pas de l'amour, mais bien simplement de la bonne amitié, rien de plus. On courait tout le jour ensemble, et quand venait la soirée, au coin du feu, elle était la première à me demander le récit de mes voyages aux Indes. Je racontais mes épisodes les plus émouvants, elle suivait attentivement mon récit tout en me regardant de ses grands beaux yeux et... souvent, j'ai vu couler de silencieuses larmes aux dangers que j'avais courus.

ANDRÉ.

Oh ! oh ! des larmes ! L'amitié, de son côté du moins, disparait pour faire place à l'amour ! Achève ?

PAUL.

Bref, quinze jours se passèrent ainsi. On était vers la fin d'octobre et l'on parlait de rentrer à Paris. Je fis alors ma demande et j'obtins la main de Mlle de Léris. Durant les quelques jours qui se passèrent avant notre départ, dans nos promenades, nos ex=

cursions, nos causeries à deux, nous fîmes des
rêves d'or. Était-ce l'automne, avec sa poésie
triste qui porte à l'âme, ou l'amour qui naissait, je
ne sais, mais je ne me reconnaissais déjà plus, je n'é-
tais plus le *moi* sceptique que tu as connu jadis. Rentré à Paris, ces souvenirs s'effacèrent un peu de ma
mémoire ; mon naturel revint, et je repris en partie
ma vie passée. Je retournai chez Julia, à qui, d'ailleurs, je ne parlai nullement de ce mariage. Plusieurs
fois chez elle, cependant, les souvenirs du château
me revinrent à l'esprit. Je faisais des comparaisons,
sans pour cela avoir le courage d'en parler à ma maîtresse. Il me semblait que j'aurais profané les heures
charmantes passées dans le parc avec Jeanne, si j'en
avais confié le souvenir à Julia.

ANDRÉ.

C'était raisonner sagement.

PAUL.

Deux mois après notre retour, c'est-à-dire il y a
huit jours, je me mariais.

ANDRÉ.

La belle fête ! Vous paraissiez tous deux au comble
du bonheur !

PAUL.

Oui ! Nous étions heureux ! il avait été convenu que le soir il n'y aurait pas de bal, mais cependant, que si l'occasion se présentait, on organiserait une petite sauterie.

ANDRÉ.

Sauterie qui fut si animée qu'elle dégénéra en véritable bal.

PAUL.

En effet ! Mais te souviens-tu de la disposition de l'hôtel de Léris, ce soir-là ?

ANDRÉ.

Oui !

PAUL.

De la galerie ouverte aux deux extrémités, qui partait du perron pour conduire à la serre chaude ..

ANDRÉ

Parfaitement. Il soufflait même dans cette galerie un vent glacial. Quand je partis, je fus gelé.

PAUL.

Eh bien ! mon cher André, c'est ce vent qui est cause aujourd'hui de la maladie de ma femme.

ANDRÉ.

Parbleu ! Elle a eu froid ?

PAUL.

Oui ! Avant de partir, nous fîmes un dernier tour de valse, si toutefois cela peut s'appeler un tour, car Jeanne le prolongea, comme on prolonge tout dernier plaisir, c'est-à-dire trop. La sueur perlait à son front quand, jetant négligemment son manteau sur ses épaules, nous quittâmes le bal. En entrant dans cette maudite galerie je sentis le froid et en fis l'observation à Jeanne, qui me répondit que cela lui faisait du bien. On fit avancer la voiture, et en montant dans le coupé Jeanne grelottait. En chemin, je lui adressai quelques paroles auxquelles elle ne me répondit que par monosyllabes. J'attribuai d'abord ce laconisme à l'émotion toute naturelle de la jeune fille qui va devenir femme ; mais en arrivant ici, quand je la vis à la lumière, je fus frappé de sa pâleur. Qu'avez-vous donc ? lui dis-je. — Oh ! ce n'est rien, me dit-elle en souriant, j'ai eu un peu froid sous la galerie, voilà tout ; ça va passer. Ses dents claquaient, ses mains étaient glacées.

ANDRÉ.

Et qu'as-tu fait ?

PAUL.

Fanny, sa femme de chambre, celle qu'elle avait chez sa mère, la coucha dans un lit bien chaud et j'allai la voir. Je la trouvai, la chère ange, blottie tout au fond de l'alcôve, toujours pâle, grelottant toujours, les mains en croix sur sa poitrine, comme craintive... que dire ? Elle ne put se réchauffer de la nuit, malgré les boissons brûlantes qu'on lui donna, malgré les chaudes couvertures que l'on entassa sur sa couche.

ANDRÉ

Pauvre petite femme !

PAUL.

Le matin, je parlai d'envoyer chercher le médecin, mais elle s'y opposa formellement, m'assurant qu'elle

allait mieux. Je n'insistai pas, ne voulant pas la contrarier et comprenant, je crois, le sentiment qui la
faisait parler ainsi. La pudeur de la jeune fille s'effa-
rouchait à la pensée qu'un docteur pourrait dévoi-
ler... à son mari cependant, des choses intimes,
qu'une femme même n'aime pas à entendre dire.

ANDRÉ.

Je comprends ce sentiment comme toi, cher ami,
mais, devant la maladie, je ne sais si je n'aurais pas
passé outre et envoyé chercher le médecin.

PAUL.

C'est ce que je n'eus pas le courage de faire, ne me
doutant pas d'ailleurs de la gravité de la maladie. Le
soir, cependant, sur certaines craintes de Mme de
Léris, j'envoyai chercher mon médecin, le docteur
Régniaud, qui ne put venir que le lendemain matin.
Cette nuit-là, qui était en réalité la première, puisque
nous étions rentrés à trois heures et demie du matin
la veille, je la passai, mon cher André, avec Mme de
Brion, notre cousine, au chevet de Jeanne, que la
fièvre et le délire ne quittèrent pas. Quelle nuit je
passai ainsi! ne pouvant rien pour la soulager, la
chère malade, j'en étais réduit au rôle de spectateur
muet. Assis tout auprès de son lit, j'étais attentif à

ses moindres gestes, je surveillais ses plus petits
mouvements... Pourquoi étais-je là? par amitié,
par commisération? Je ne sais, mais j'étais là et je
souffrais de la voir souffrir... Tout à coup, elle saisit
ma main d'un mouvement convulsif et la porta à
son cœur... c'était le délire qui la prenait!... Oh!
alors! André, quelque chose d'inouï, d'inexpli-
cable, d'étrange, se passa en moi. Quoi? je ne puis
l'expliquer; mais dans son délire, elle laissa échapper
des demi-mots, des phrases entrecoupées qui me tou-
chèrent vivement : la jeune fille se révélait femme,
me montrait et me disait tout son amour. Ce n'é-
taient pas ces phrases banales, rebattues, préparées à
l'avance et qu'on entend partout, non ! C'était son
cœur tout entier qui montait aux lèvres de ma
Jeanne, sans même qu'elle s'en doutât. Le matin,
lorsque le docteur vint, je n'étais plus le moi de la
veille, j'étais changé, régénéré presque, par cette
nuit, par ce secret échappé de ces lèvres innocentes...
Voilà, mon ami. (Une pause. — Continuant.) C'est ainsi
que je passai ma première nuit de noces, mon cher,
et depuis, c'est toujours de même; ma femme est
toujours au lit, et moi, chaque nuit, je la veille,
inquiet, craintif...

ANDRÉ.

Eh bien! Paul, mon avis est que tu es bel et bien amoureux de ta femme.

PAUL.

Amoureux! amoureux? Non, puisque le sentiment que j'éprouve semble s'amoindrir par moment.

ANDRÉ.

Ne t'y fie pas! L'amour est un incendie et, comme le feu, il embrase et consume tout. Au moindre souffle, il s'allume, puis il couve, très-longtemps quelquefois, enfin il éclate, violent, irrésistible. Tu en es à la seconde période, mon cher, à la première occasion, tu seras fou, et fou à lier, de ta femme.

(On frappe au fond.)

PAUL.

Entrez.

(Entre Baptiste.)

SCÈNE III.

PAUL, BAPTISTE, ANDRÉ.

BAPTISTE.

Le médecin vient de quitter madame, et Mme de Brion désire parler à monsieur.

15.

PAUL.

Bien ! Fais entrer de suite. (A André.) Qu'aura dit le docteur ce matin, y a-t-il du mieux, n'y en a-t-il pas ?... Je suis tout inquiet ! (A part.) Ah ! non, décidément, le premier jour, je n'étais pas ainsi, et je commence à croire qu'André a raison.

BAPTISTE, annonçant.

Madame de Brion !

(Entre madame de Brion. — Baptiste sort.)

SCÈNE IV.

PAUL, ANDRÉ, MADAME DE BRION.

PAUL.

Eh bien ! Cousine ?

MADAME DE BRION.

Eh bien ! la pleurésie est à sa période la plus grave et le docteur Régniaud redoute une crise pour aujourd'hui.

PAUL, à André.

Une pleurésie, est-ce mortel ?

ANDRÉ.

Mais non, pas toujours.

MADAME DE BRION.

C'est vrai, mais avec la délicatesse de Jeanne...

ANDRÉ.

Non! non! Entourée de bons soins comme elle l'est, ta femme, mon cher Paul, peut facilement revenir à la santé. Il ne faut pas désespérer si vite, que diable! elle guérira, et...

PAUL.

Puisses-tu dire vrai, ami! mais je doute!

MADAME DE BRION

Moi aussi!

ANDRÉ.

Pourquoi douter?

PAUL.

Parce que le docteur n'a rien osé me dire jusqu'à

ce matin, d'où je conclus que, n'ayant pas d'espoir, il a voulu me cacher la vérité, peut-être?

ANDRÉ.

Voilà un beau raisonnement, ma foi ! Et qui vous fait craindre, vous, Mme de Brion ?

MADAME DE BRION.

Oh ! moi, ce n'est pas cela, mais bien autre chose.

ANDRE.

Quoi, encore ?

MADAME DE BRION.

Rien, rien, il vaut mieux ne pas parler de cela.

PAUL.

Mais, pardon, cousine, dites-moi ce que vous savez, je vous en supplie !

MADAME DE BRION.

Non, cela ne changerait rien.

PAUL.

Ah ! Mathilde, si les prières ne suffisent pas, je vais

vous ordonner de parler, il est de mon droit, aujour-
d'hui, de tout savoir !

MADAME DE BRION.

Eh bien! puisque vous y tenez, je vais tout vous
dire; si je ne vous en ai pas parlé plus tôt, c'est que
j'ignorais tout moi-même ; hier soir seulement,
Mme de Léris m'a avoué la vérité.

PAUL.

Parlez, de grâce, parlez?

MADAME DE BRION.

N'ajoutez cependant pas trop foi à ce que je vais
vous dire, car, après tout, on a pu se tromper.

PAUL.

Dites! dites toujours!

MADAME DE BRION.

Voici donc ce que Mme de Léris m'a avoué : il y a
quatre ans, un docteur, célèbre aujourd'hui, et dont
le nom m'échappe, était, en même temps que le médecin, l'ami intime de la famille de Léris. Et c'est la

veille de son départ pour l'Allemagne, que, venant faire ses adieux, Mme de Léris lui demanda quelques conseils sur la santé de Jeanne, santé chancelante à cette époque. Le docteur, alors, crut de son devoir, a-t il dit, de ne rien cacher à Mme de Léris et il lui apprit que Jeanne était atteinte d'une maladie nerveuse du cœur tellement grave, que la moindre émotion, bonne ou mauvaise, la moindre maladie, ne fût-elle qu'un gros rhume, suffirait pour la tuer, qu'il fallait, par conséquent, prendre mille précautions et entourer Jeanne de tous les soins possibles pour la conserver à la santé. Quant au mariage, a-t-il ajouté, il ne faut même pas y songer.

PAUL, terrifié.

Comment, une chose si grave!... Et Mme de Léris ne m'a pas prévenu?...

MADAME DE BRION.

C'est le reproche que je lui ai fait. Mais vous la connaissez comme moi votre belle-mère, mon cher Paul, légère, futile, elle n'a attaché aucune importance à ce pronostic; n'y voulant pas croire, elle l'a oublié. Il a fallu la maladie de Jeanne pour qu'elle s'en souvînt... hier.

PAUL, même jeu.

Oh! mais, c'est indigne de m'avoir caché cela!

MADAME DE BRION.

Je crois aussi que la véritable raison de son silence est qu'étant passablement coquette, malgré ses quarante ans, une grande fille de vingt années à côté d'elle la vieillissait trop... Tout en l'adorant, elle préférait la voir mariée, afin de pouvoir retourner elle-même dans le monde.

PAUL, à part.

Mais c'est un crime, cela!
(Silence.)

ANDRÉ, réfléchissant, à part.

Ce pronostic est grave, en effet!

PAUL, à part.

Dire qu'une émotion peut la tuer... mais alors, elle peut mourir entre mes bras... en me souriant... Oh! c'est affreux! cette pensée me torture... Oui! je sens que je l'aime... que je l'aime d'amour, main-

tenant !... (Haut.) Oh ! il faut que je la sauve ! Ma vie,
ma fortune à qui la sauvera ! Mais comment ? Comment ?... Je suis fou ! elle est condamnée !

(Il tombe sur un fauteuil.)

ANDRÉ, à part.

Pauvre ami ! Voilà ce qu'en un instant, la douleur, le chagrin font de sa nature d'élite. Lui qui, il
y a quelques mois à peine, était l'un des plus scep-
tiques d'entre nous, le voilà croyant à l'amour,
croyant à la femme ! Il est vrai qu'entre l'ange d'aujourd'hui et les démons d'autrefois, il y a tout un
abîme ! Là, le vertige, la folie ; ici, le calme, la famille ; là, le vice ; ici, la vertu... et, il n'y a pas à
dire, il arrive toujours un moment dans la vie où
cette dernière nous attire malgré nous... Pauvre
Paul !

PAUL, rêvant.

Si cependant cette chère enfant venait à mourir,
que deviendrais-je, moi ?... C'est au moment où je
crois toucher au port, au moment où, le cœur rempli
d'amour, je vais me lancer avec délices dans une vie
nouvelle, vie de bonheur paisible et d'espérances,
que... C'est affreux !... Être marié sans l'être, ne pas
connaître les trésors cachés dans le cœur de la jeune

fille qui devient épouse, et la perdre!... Ce n'est pas
possible! La Providence m'épargnera cette douleur,
cette affliction... (Il se lève et se promène.) Elle est si jeune,
si douce, si belle, si aimante, ma Jeanne adorée...
Jusqu'à ce jour, j'avais semé ma vie, mon cœur aux
quatre coins du monde, et c'est lorsque la famille
m'apparaît avec son calme, ses joies, qu'un tel malheur? Non! non!! Cela ne peut être!... (Silence. Il
retombe assis.) La famille? mon excellent père! ma
bonne mère! Que nous serions heureux, tous ainsi
réunis!... Le jour, les longues promenades aux
Ruynes; le soir, les bonnes causeries au coin du
feu, dans la grande salle du château... Et parmi
nous, des *babys* qui viendraient s'accrocher à mes
jambes en balbutiant avec peine : *pa-pa ;* dont les
bouches mutines et roses se promèneraient sur les
joues de ma femme, en murmurant : *ma-man...* La
joie que j'aurais eue, à la première dent de mon fils
ou de ma fille... Mon fils! ma fille! quels doux mots!..
Je les voyais, accourant le matin dans notre chambre, grimper tout seuls — en les aidant beaucoup!
— sur notre lit, se pelotonner, ces gais chérubins,
entre leur mère et moi, réchauffant leurs petits *pe-
tons* à nos poitrines, promenant leurs petits doigts
grassouillets dans nos cheveux, me tirant la barbe et
riant comme des petits fous, si, me faisant mal, il
m'arrivait de le leur dire... Puis, je les vois encore,

agenouillés sur l'oreiller et ma Jeanne leur apprenant à aimer Dieu dans leur première prière... Plus tard ! la première culotte, la première robe !... Plus tard encore, la jeune fille, le jeune homme ! Quel beau rêve ! (Silence.) Et elle est condamnée !

(Il fond en larmes.)

MADAME DE BRION, à part, à André.

Je n'aurais jamais cru Paul capable de faire de si beaux rêves !

ANDRÉ.

Nous le méconnaissions, madame ! (A Paul.) Ami ! dis-moi ? Si on prévenait le docteur qui a dit cela jadis, peut-être que lui...

PAUL, brusquement.

Non ! André ! non !... D'ailleurs que dirait-il ? il ne pourrait que confirmer ce qu'il a déjà dit, et alors... Non ! je préfère conserver encore quelque espoir, qui sait ?... Et puis, le doute me soutiendra... j'en ai besoin... Ah ! pauvre Jeanne ! (Il se lève et passe comme un fou dans son cabinet.)

SCÈNE V.

ANDRÉ, MADAME DE BRION, BAPTISTE.

ANDRÉ.

Eh bien ?

MADAME DE BRION.

Eh bien ! si j'en crois mon pressentiment, elle ne se relèvera pas !

ANDRÉ.

Allons ! allons ! ne nous décourageons pas encore, j'ai une idée : Le nom du médecin ? (Il se met à la table et écrit.)

MADAME DE BRION.

Je ne me le rappelle plus !

ANDRÉ.

Qu'importe ! (Il écrit.)

MADAME DE BRION.

Aussi bonne que soit votre idée, vous n'empêcherez pas que Jeanne soit condamnée.

ANDRÉ.

Qui sait ? peut-être !

MADAME DE BRION.

Voilà bien les hommes qui ne doutent de rien !

ANDRÉ.

Voilà bien les femmes qui désespèrent de tout ! (Il sonne. Entre Baptiste.) Baptiste, portez cette lettre à Mme de Léris ; voyez vous-même la personne qu'elle vous indiquera et que cette personne vous suive. Allez et revenez vite !

A ce moment, on entend ces mots : Mathilde ! Mathilde ! venant de la chambre de madame de Brunelles.

On dirait qu'on vous appelle, madame de Brion ?

MADAME DE BRION, regardant dans la chambre.

En effet ! c'est Jeanne qui s'est levée. Elle vient ici, cachez-vous, pour ne pas la troubler.

Madame de Brion ouvre la porte. Paraît Jeanne ; elle est en peignoir blanc, les yeux caves, la figure pâle, avec les pommettes rouges. Ses cheveux dénoués flottent sur ses épaules. A peine en scène, elle s'appuie sur le bras de madame de Brion.

SCÈNE VI.

JEANNE, MADAME DE BRION, ANDRÉ,
derrière le paravent.

MADAME DE BRION.

Là, mets-toi sur cette chaise longue, ma bonne Jeanne, tu seras à ton aise.

JEANNE, s'arrange sur la chaise longue.

Ah !... Pourquoi m'as-tu quittée tout à l'heure, Mathilde ? C'est mal ; tu sais bien que j'ai besoin de te sentir près de moi... Approche-toi donc ?... plus près ?... plus près encore ?... bien ! Dis-moi, n'est-ce pas que je vais mieux ?

MADAME DE BRION.

Mais certainement, ma chérie, le médecin lui-même te l'a dit.

JEANNE.

Le fait est qu'on ne meurt pas à mon âge ! vingt ans ! Et je viens de me marier... Ce bon Paul ! Il est bien peiné de me voir souffrante, dis?... Si j'allais mourir, cependant?

MADAME DE BRION.

Mais non, il ne faut pas songer à cela.

JEANNE, sans l'écouter, et continuant sa pensée.

Sans savoir ce qu'est le mariage... Tu m'as dit, toi, combien tu étais heureuse et je ne le serais pas ? Oh ! si, je vais si bien prier Dieu, qu'il me rendra à la santé.

MADAME DE BRION.

Et alors, nous sortirons ensemble comme avant ton mariage... D'abord nous irons rendre visite à la bonne supérieure du couvent, tu te souviens du couvent? Comme l'on s'y amusait ? La sœur Thérèse nous punissait bien quelquefois, mais au fond elle n'était pas méchante. Aussi, combien lui a-t-on fait de farces, hein ?

JEANNE, souriant.

Oui ! (Revenant à sa pensée première.) Tu te rappelles ce que vous m'avez dit, ma mère et toi, le soir de mon mariage, avant de quitter le bal, quand j'ai pleuré.

Eh bien, ma bonne Mathilde, j'ai toujours vos paroles présentes à la mémoire, je cherche à les comprendre seule, puisque tu ne veux pas me les expliquer, et je n'y arrive pas. « Paul te les expliquera, m'as-tu dit, « mais plus tard. » Oh ! comme je voudrais le voir tout seul mon Paul, m'entendre dire ces choses si douces, si caressantes, que, jeune fille, j'ai rêvées et qui doivent faire tant de plaisir au cœur d'une jeune femme qui aime et est aimée !... Et Paul m'aime, n'est-ce pas ?

MADAME DE BRION.

S'il t'aime ! Tu te souviens bien qu'un jour, aux Ruynes, il se serait jeté dans l'étang, si tu avais voulu, pour te prouver son amour ?

JEANNE

Oui, il me l'a dit souvent, en effet, mais on ne doit pas le dire de la même manière quand on est marié. Il m'a dit que lorsque je serais sa femme, il me donnerait des preuves de cet amour, qu'est-ce que cela veut dire !

MADAME DE BRION, embarrassée.

Cela veut dire... c'est bien simple, qu'il te ferait des cadeaux, te conduirait au bal, au spectacle.

JEANNE, l'interrompant.

Non ! Ce ne doit pas être cela !... Non ! C'est autre
chose que tu me caches ! Je veux connaître ces preuves, ces joies qu'il m'a promises, cette extase dont
il m'a parlé... Je veux avoir de beaux enfants comme
toi. Mathilde !... Oh ! comme je leur apprendrai
à aimer leur père, à lui faire des caresses, à être —
avec moi — sa joie, son bonheur ! Oh ! si je pouvais dire à mon Paul... (Elle se soulève un peu et prie.) Mon
Dieu ! bonne sainte Vierge ! faites que je guérisse !
gardez-moi, je vous en supplie, à l'amour de mon
Paul, de nos parents. Ah ! si je guéris, je promets,
chaque jour, d'aller porter des fleurs à ton autel,
douce Vierge Marie ! de t'adresser de longues prières,
Seigneur ! Paul est si beau, si noble et je l'aime tant !
Oh ! pardonnez-moi, mon Dieu ! si je commets un
péché, mais si je dois mourir, si telle est votre volonté suprême, faites que ce soit entre les bras de mon
mari. Alors je vous donnerai ma vie sans regrets,
comme je lui aurai... donné... mon cœur... tout
entier...

(Une toux sèche arrête ses paroles.)

MADAME DE BRION.

Ne parle plus, ma chérie ! repose-toi.

(André sort de derrière le paravent. Madame de Brion arrange
Jeanne qui s'assoupit.)

ANDRÉ, à voix basse.

Que d'amour dans ce cœur candide !

MADAME DE BRION.

Que Paul serait heureux si elle vivait !

(Paul paraît dans l'embrasure de la porte de droite.)

SCÈNE VII.

LES MÊMES, PAUL.

En apercevant Jeanne, Paul veut s'élancer vers elle. — André l'arrête.

ANDRÉ.

Doucement !

MADAME DE BRION.

Elle dort !

PAUL.

Éloignez-vous un instant, mes amis. Tenez, passez dans ce cabinet, sans bruit, et, si par hasard, j'appelle, venez vite, n'est-ce pas ?

(Madame de Brion et André entrent à droite.)

16

SCÈNE VIII.

JEANNE, PAUL.

Paul s'assoit à côté de Jeanne assoupie et lui prend la main. — Silence. Musique en sourdine. — Paul, anxieux, suit des yeux tous les mouvements de Jeanne qui semble rêver.

JEANNE, *se réveillant, surprise. — Pendant cette scène, sa voix est sèche et entrecoupée.*

Ah! Paul, je rêvais de vous.

PAUL.

Vous allez donc mieux, ma Jeanne?

JEANNE.

Oui, un peu... Comme je suis mal sur cette chaise, ma tête est trop basse.

PAUL.

Levez-vous un peu? (Il passe son bras derrière le dos de Jeanne, l'appuie sur le dossier de la chaise longue et forme ainsi oreiller. Jeanne appuie la tête sur le bras de son mari. Paul continue.) Et comme cela?

JEANNE, prenant dans ses mains la main gauche de Paul.

Je suis tout à fait bien, maintenant, merci... Dites-moi, Paul, aussitôt que j'aurai un peu de force, nous irons aux Ruynes, voulez-vous ?

PAUL.

Si c'est votre désir ! Quoique en décembre, cependant, je crains qu'il y fasse bien froid.

JEANNE.

Cela ne fait rien, je me couvrirai bien, et comme à l'automne, nous irons — tous deux — nous promener par les bois... Nous serons bien seuls là-bas... Notre père et notre mère n'y seront plus avec nous... Ne craignez-vous pas de vous ennuyer avec moi ?

PAUL.

M'ennuyer avec vous, cher ange, mais être seul avec vous, vous entendre, vous causer, vous voir toujours enfin, tel est le rêve que je fais à chaque moment. Vous êtes ma femme et...

JEANNE.

Oui ! Paul ! Et quoique mariés depuis huit long

jours, nous sommes encore comme avant notre mariage ! Mais là-bas, nous n'aurons personne entre
nous, il n'y aura que vous et moi... et alors... Dans
la journée vous m'emmènerez, et pendant que vous
visiterez vos fermes, j'irai voir les pauvres, consoler
les vieillards. Je ferai du bien en votre nom et l'on
nous bénira tous deux, c'est si bon d'être béni par
les malheureux. Puis, la journée finie, quand le pâle
soleil d'hiver tombera derrière les grands arbres, nous
rentrerons au château bien vite, appuyés l'un sur
l'autre, comme en ce moment... Voulez-vous,
dites ?

PAUL.

Si je le veux ! Que n'êtes-vous déjà en état de
partir, et de suite !

JEANNE.

Patience, Paul !... Le soir — les soirées d'hiver
sont longues à la campagne — quand vous aurez lu
vos journaux et fumé... car je ne veux vous priver de
rien...

PAUL.

Oh ! ma Jeanne ! que vous êtes bonne !

JEANNE.

Le soir, dis-je, je me mettrai au piano et je vous jouerai ces airs que vous aimez. tant... et d'autres encore que j'apprendrai pour vous faire plaisir, et...

PAUL.

Et quand viendront dix heures, mignonne, nous nous assoirons tous deux au coin du feu, et je te dirai maintes belles choses.

JEANNE. l'interrompant et le regardant.

Tout ce que vous avez promis de m'apprendre, Paul ?

PAUL, souriant.

Oui, mon aimée, tout, tout !

JEANNE, cherchant à comprendre.

Ah !

PAUL.

Et le lendemain, les autres jours se passeront de même.

16.

JEANNE, faible.

Oh ! que nous serons heureux !

PAUL, continuant.

Le printemps achèvera ta guérison, ma Jeanne chérie, le grand air te rendra tes belles couleurs, tes forces reviendront et tu pourras courir la campagne sans l'aide de mon bras. Si tu veux alors, ta mère, M. et Mme de Brion viendront nous rejoindre et nous passerons l'été, heureux et tranquilles, au milieu de nos excellents parents et de nos bons amis.

JEANNE, timidement.

Mme de Brion amènera ses enfants?

PAUL, avec curiosité.

Certainement! Pourquoi non?

JEANNE, même jeu.

J'aime tant les enfants !

PAUL, se rapprochant de Jeanne.

Moi aussi, je les aime, chérie, d'autant qu'ils font toujours plus aimer leur mère !

JEANNE, à mi-voix, très-faible.

Nous en aurons, n'est-ce pas, Paul ?

PAUL, souriant.

Oui, mignonne, oui !

JEANNE, satisfaite.

Ah ! Tant mieux !

PAUL, continuant.

Tous les ans, après cette première année, nous passerons l'hiver à Paris et l'été, pour nous reposer, à la campagne ou aux eaux.

JEANNE, sa faiblesse augmente, elle ferme à demi les paupières.

Continue, Paul, je t'en prie, cela me fait du bien de t'entendre causer ainsi...

PAUL.

Plus tard, dans quelques années, quand nos enfants auront grandi, nous les verrons courir, gambader autour de nous.

JEANNE, de plus en plus faible.

Ah!... Comme... je vous aimerai... tous, ami !

PAUL.

Quel beau rêve nous faisons en ce moment, ma Jeanne ! Avoir une femme adorable comme toi, t'aimer comme je t'aime et être aimé, que de bonheur pour moi, pour nous !... Car tout ce que tu viens de me dire me prouve ton amour...

JEANNE. même jeu. lentement.

Oh! oui... mon Paul... je t'aime !...

PAUL. joyeux, l'embrassant au front.

Oh !... ma Jeanne !...

JEANNE, d'une voix éteinte, les yeux fermés.

Ce doux baiser, mon Paul!... m'a fait chaud au cœur !

(Elle tombe)

PAUL., effrayé.

Relevez-vous, chérie!... Jeanne! ma chère Jeanne...

Quoi, rien?... bien-aimée... (Il se frappe le front et se lève comme un fou. — Appelant.) André! Madame de Brion?... (A part.) Une émotion, a dit le docteur... Insensé, qu'as-tu fait?... Ah! je l'ai tuée.

Il tombe anéanti à droite. Madame de Brion entraîne madame de Brunelles dans la chambre à gauche. — Entre André.)

SCÈNE IX.

ANDRÉ, PAUL.

ANDRÉ.

Du courage, mon pauvre ami, il faut être fort... D'ailleurs, ne désespérons pas avant de savoir ce que va dire le docteur.

BAPTISTE, entr'ouvrant la porte, à mi-voix.

Monsieur André, le médecin que vous m'avez envoyé chercher vient d'entrer chez madame, il est avec M᷾ᵐᵉ de Brion.

ANDRÉ.

Bien!

PAUL, accablé.

Ne cherche plus à me convaincre, André, c'est la fin. (Il éclate.) Ah ! j'étouffe !

ANDRÉ.

Pleure ! pleure ! dans la douleur, les larmes soulagent trop pour qu'on essaye de les retenir !

PAUL, sombre.

Que vais-je devenir?

ANDRÉ.

Allons, Paul ! Allons donc ! (A part.) Que c'est bête, on ne sait que dire dans de pareils moments !

PAUL, de même.

Le pronostic ! le pronostic !
(Sur ces mots entre Baptiste.)

SCÈNE X.

Les Mêmes, BAPTISTE.

BAPTISTE.

Monsieur André, voici un mot que vient de me remettre le docteur pour vous.

ANDRÉ.

Pour moi, donne vite, bon Baptiste. (Il ouvre la lettre)
De Miron, de mon ami Miron... C'était lui.

PAUL.

Ah! voilà mon arrêt de mort, sans doute.

ANDRÉ, joyeux, après avoir lu.

Sauvée, mon ami, elle est sauvée, dans dix jours
elle sera sur pieds. C'est bien, merci. (Baptiste sort.)

PAUL.

Allons, ne ris pas de ma douleur, cela ne te sert à
rien.

ANDRÉ.

Mais je parle sérieusement, Paul, elle est sauvée et
elle va venir tout à l'heure.

PAUL.

André, sois sérieux, ta gaieté me fait mal.

ANDRE.

Eh bien ! incrédule, écoute: Ce que dit le docteur

doit être vrai et est vrai, j'en suis persuadé. Miron
m'avait raconté cette aventure, il y a longtemps déjà,
sans me dire le nom de l'héroïne; il l'avait écrite pour
le cas où venant à mourir il n'aurait pu se confesser,
et c'est cette confession qu'il vient de me remettre.

PAUL.

Parleras-tu, enfin ?

ANDRÉ.

Ah! c'est vrai, écoute donc.

PAUL.

Il est permis aux médecins de mentir, et peut-être
il ment aujourd'hui dans cette confession.

ANDRÉ.

Non, il ne ment pas, car il ne pouvait prévoir ce
qui arrive en ce moment. S'il a menti, c'est autrefois.
Cette confession était adressée à Mme de Léris, mais
lorsque Miron, quittant Paris, alla en Allemagne, et
pour le cas où il ne reviendrait pas. Voici ce que ce
papier contient : « Madame, je dois dans le cas où
« l'on ne me reverrait pas, vous avouer que le pro-

« nostic que j'ai fait, il y a huit jours, est faux. Votre
« fille n'a pas de maladie nerveuse du cœur. Elle a
« au contraire une santé excellente. »

PAUL.

Il ment cet homme, te dis-je, il ment.

ANDRÉ.

Écoute jusqu'à la fin, tu jugeras après : « Mais j'ai
« une excuse, madame, j'aime votre fille ; seule-
« ment, sans nom encore et sans fortune surtout, je
« ne puis prétendre au bonheur de l'épouser main-
« tenant. Si j'ai fait ce pronostic, c'est pour que vous
« ne mariiez pas votre fille avant mon retour. Alors,
« si j'ai un nom, je vous demanderai sa main; si
« elle est mariée, je n'accuserai personne, et cette
« lettre vous sera remise par un de mes amis qui
« vous demandera pardon de ma conduite... »

PAUL.

Pourquoi ne l'avoir pas dit plus tôt... Non, il
ment, c'est une fable bien inventée, voilà tout.

ANDRÉ.

Mais, impatient que tu es, il n'y a que huit jours
que tu es marié.

17

PAUL, frappé d'une idée subite.

C'est vrai, alors...

ANDRÉ.

Alors tu es convaincu?

PAUL, se calmant.

Pas encore, je souffre tant.

ANDRÉ.

Puisque je t'affirme qu'il m'a conté cette histoire il y a longtemps.

PAUL.

Ma femme vivrait...

ANDRÉ.

Mais certainement et je te demande pardon de la conduite de mon ami,

PAUL.

Ah! je lui pardonne de bon cœur si cela est vrai... mais ma femme ne vient pas...

ANDRÉ.

Un instant, sacrebleu !

PAUL, regardant à droite

Ah ! je doute encore.

ANDRE.

Incrédule, va !

SCÈNE XI.

Les Mêmes, MADAME DE BRION, puis JEANNE.

MADAME DE BRION, entrant.

Paul, Paul, votre femme désire vous voir.

ANDRÉ, à Paul.

Que disais-je ? (A Mme de Brion.) Qu'elle vienne.

MADAME DE BRION, ouvrant la porte de Jeann

Viens, Jeanne !
(Entre Jeanne.)

17.

JEANNE.

Ah ! mon bon Paul ! Oh! pardon, monsieur !

PAUL.

André, ma belle chérie, mon meilleur ami. Tu vas mieux ?

JEANNE.

Oui, beaucoup mieux, merci. Que je voudrais être tout à fait bien.

PAUL.

Dans dix jours, madame.

JEANNE.

Enfin !

(Paul l'embrasse, elle s'appuie à son épaule.)

PAUL, serrant la main d'André.

Ah ! encore une fois merci, mon ami.

ANDRÉ, les regardant.

Après la pluie, le beau temps ; après les pleurs, le

rire ; après la douleur, la joie ! Ah ! les hommes !
Dire que, marié sans aimer sa femme, il l'adore aujourd'hui qu'elle a failli mourir. Ce que c'est que
nous ! Après cela, vantez-vous donc de connaître le
cœur humain... Ah ! à propos ! Paul.

PAUL, s'approchant d'André.

Quoi ?

ANDRE, d'un air sérieux et comique à la fois.

Et... à quelle heure iras-tu demain chez Julia ?
(Il rit.)

PAUL, bas, à André.

Julia ! c'est le démon, prends-le ! (Allant à sa femme.)
Moi je garde... *la femme*
(Rideau.)

FIN.

TABLE DES MATIÈRES.

FIN DE LA TABLE DES MATIÈRES.

Imprimerie Eugène Heutte et Cie, à Saint-Germain.

27-29, PASSAGE CHOISEUL, 27-29

BIBLIOTHÈQUE CONTEMPORAINE

Volumes in-18 jésus, imprimés sur beau papier vélin

CHAQUE VOLUME, 3 FR. 50

CHAQUE VOLUME : 3 FR.

Imprimerie E. HEUTTE et Cie, à Saint-Germain.

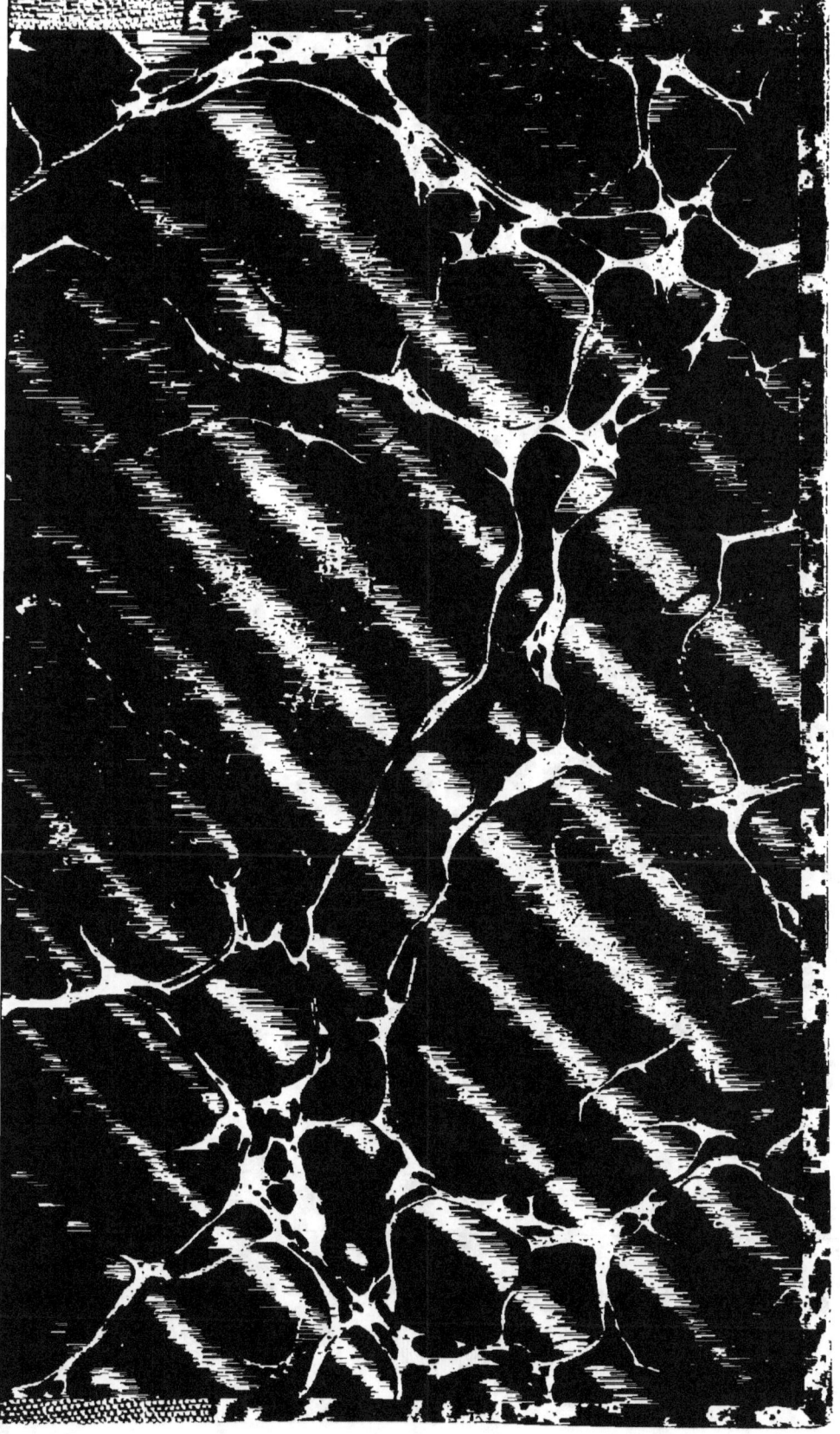

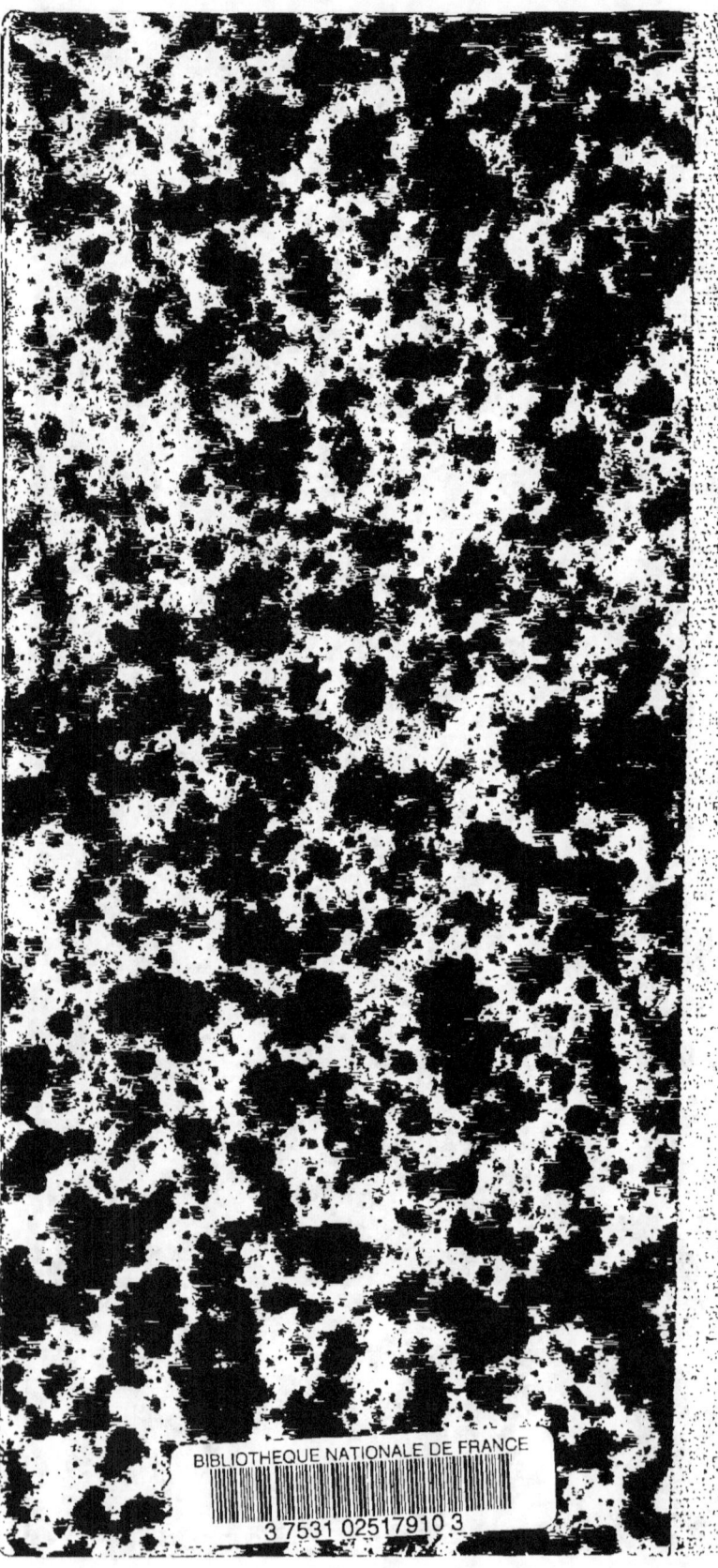